慢慢的，也很好

绿茶 著

山东城市出版传媒集团·济南出版社

图书在版编目(CIP)数据

慢慢的,也很好/绿茶著. —济南:济南出版社,2020.7

("小美好"系列)

ISBN 978-7-5488-4406-8

Ⅰ.①慢… Ⅱ.①绿… Ⅲ.①散文集—中国—当代 Ⅳ.①I267

中国版本图书馆 CIP 数据核字(2020)第 123451 号

"小美好"系列
慢慢的,也很好 绿茶 著

出 版 人	崔　刚
图书策划	郑　敏　谭　飞　赵凌云
责任编辑	郑　敏
装帧设计	张　倩
出版发行	济南出版社
地　　址	山东省济南市二环南路 1 号(250002)
电　　话	(0531)86131730
网　　址	www.jnpub.com
经　　销	各地新华书店
印　　刷	山东省东营市新华印刷厂
版　　次	2020 年 7 月第 1 版
印　　次	2020 年 7 月第 1 次印刷
成品尺寸	148 毫米×210 毫米　32 开
印　　张	5.5
字　　数	130 千
印　　数	1—4000
定　　价	36.00 元

法律维权　0531-82600329

(济南版图书,如有印装错误,可随时调换)

|代序|
生活在农历里的人

我希望自己是生活在农历里的人,
这样日子就会过得慢一些,
比如今天阳历是三月二十,
农历是二月初四,
按农历,
我就似乎赚了一个月的日子。

时间啊,请慢一些,再慢一些。
花儿,请开得慢一些,
不要开得那么闹,不要你追我赶,
一夜风雨后,绿肥红瘦。
鸟儿,不要醒得那么早,
把我的好梦惊扰。

柳条，也不要在风中那么招摇，
像一串串绿色的鞭炮。

我希望自己是生活在农历里的人，
如此，我的日子就有了节奏。
从立春开始，
雨水，惊蛰，虫儿们开始苏醒，
春分，正是现在，大地回暖，
清明，谷雨，立夏，小满，
芒种，夏至，小暑，大暑，
立秋，处暑，白露，秋分，
寒露，霜降，立冬，小雪，
大雪，冬至，小寒，大寒，
四十八个字，二十四个词，
是写在天地间的诗，
画在大地上的画，
与天籁相和的歌。

日历不再是简单的数字编码，
而是大地的吐纳与呼吸，
踏着韵律的农事，
循着规律的生长。

而我，在这短短的四十八个汉字里，

看到了万物复苏，禾穗渐满，

流萤罗扇，落叶翩然，

起承转合，

周而复始，

生生不息。

我希望自己活在这样的日历里。

| 目录 |

壹　一日一花

一朵棉花 ／ 3

每个人都有属于自己的花 ／ 6

桃花依旧否 ／ 10

闻一闻桂花香 ／ 14

姜花无恙 ／ 17

若姜花,若百合 ／ 19

一枝梅 ／ 22

静心吊兰 ／ 24

简单的花 ／ 26

花不等人 ／ 31

不用心,怎么配得上"养"这个字 ／ 33

我们家的树 ／ 37

贰　一起吃饭吧

猪油炒米茶 / 43

这世间万物,终有其名 / 46

老家的菜园子 / 52

楼顶的塔莎奶奶 / 56

小恶鸡婆 / 73

又见婆婆丁 / 77

一扇石磨 / 80

一块菜地 / 84

我好土 / 87

再见,地卷皮 / 91

叁　陪在你身旁

你养宠物吗？ / 97

蝉　鸣 / 100

猫 / 102

命运之一种 / 106

相　伴 / 109

**我们永远无法预测，会在什么时候遇到一
　　只黄鼠狼** / 112

肆　吉光片羽

愿你温柔待人,亦被温柔以待 / 119

忽然深已秋 / 126

我对这个世界过敏 / 129

以雪,认识小鸟 / 133

庄户人家的女儿 / 135

活成茶一般的女子 / 141

追逐荒地的人 / 145

青　苔 / 148

遇见一棵树 / 151

草木皆有情 / 154

脏脏的 / 159

泥土味儿的教育 / 161

且听风吟 / 164

慢慢的，也很好
MANMANDE, YEHENHAO

壹　一日一花

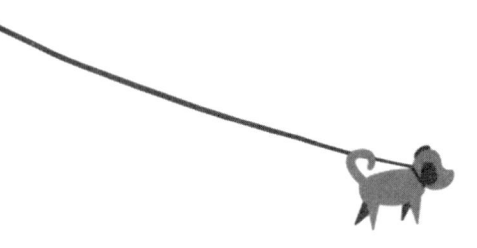

一朵棉花

夏日的天空蔚蓝到近乎透明,太阳明晃晃的,光线像万千把银针一般扎下来。棉花静静地仰着脸,将那光与热一点点儿地吸纳、储存在身体里,传输到骨髓里,集结在自己的花朵与果实中。

棉花的余生,便再将这暖与柔一点点儿地释放。

我喜欢"棉"这个字,带着草本的芳香与柔软,朴素而温婉,那种与生俱来的温暖、柔韧与包容,就像母亲的胸怀。

棉花,是所有的花中两度盛开的。

第一次盛开,是它真正的花,粉红、淡黄或者纯白,单瓣的花,像裙裾一般打开,露出细长的花蕊,清简而又婉约。

花谢之后,结出小小的棉桃。当枝叶献出一切营养而变黄时,棉桃们吸取了足够的阳光,日渐饱满。最后,它们的壳也变干、变黑，裂开，吐出里面的一腔锦绣，柔软、洁白、蓬松。

这是它的第二次盛开，是我们普通意义上所讲的棉花。

明明是果，但是又如此像花。

此时的它们，只有一个颜色——白色，简单又复杂，纯洁又哀伤，在阳光下泛着白银的光泽。

我跟着母亲，到棉田里摘棉花，把棉花从坚硬的棉桃中剥出来。手上、胳膊上被枝叶和棉桃壳划出一道道印子，身上流出的汗被太阳晒成了细细的盐的结晶。但是，棉兜里沉甸甸的棉花让人心生欢喜。

棉花在太阳下晾晒，之后被送到轧棉厂轧成云片般的皮棉。母亲把它们搓成棉条，然后架起纺车。她的左手摇着纺车，纺车嗡嗡地转动着；她的右手拿着棉条，手一会儿高高地扬起，一会儿低低地放下。在纺车的转动间，细细长长的棉线就纺出来了，缠在纱扒子上。先把它们成束地取下，然后放到调了染料的大锅里浸染上五彩的颜色，晒干，再把线倒在不同的纺锤上。"倒"其实是缠的过程，但我喜欢这个"倒"字，它让这些棉线具有了水一样的质地。

农闲时节，母亲架起了织布机。她端坐在高高的织布机前，手中那把已被几代人的手磨得锃亮的梭子飞来飞去,双脚轮流踩下,让经线与梭子牵出的纬线交织,一毫一厘,一寸一尺,一匹棉布诞生了。

母亲从织布机上取下它,估摸着用它做床单、被面,或者是一家人的四季衣裳。

棉花是与女人最亲近的一种植物。

棉花还在田野间绽放,但是这种纯手工织布已成绝响。在我的老家,这门手艺终止于我的母亲这一代。

今年回家过年,我问母亲:"家里的那辆老纺车,还有那些纺锤都还在吗?如果在,拣一两件出来做个纪念多好。"

那一套纺织工具本属于家族所有,这些年,家族老一辈的,有的去世,有的随子女移居他乡,分散于各家的工具更是不知遗落在了何处。

"只怕都当柴火烧了。"母亲淡淡地说。

深深惋惜。

夏天到了,女人们五彩缤纷。我的目光掠过她们身上那些细致而鲜艳的衣裳,我的心里却在怀想,那一段老去的时光里每一朵棉花的形象。

好在,棉花还开在田野。

每个人都有属于自己的花

周四上午,我的学画时间。

当我赶到教室,发现教室里只有多多一人。最近几次课她都没来,我便问她怎么了。才知先是她父亲生病,随后她婆婆生病,因为要照顾老人,自然就顾不上来学画了。

"照顾生病的老人很累吧?"

"还好,就是深深感到人老了有个老伴很重要。"她说。

"那些病人的儿女们都在工作,只有老伴来陪伴。"爱笑的多多说,"十个病床,九个是老爹爹(方言,老头儿)生病了,老太太在照顾。"

"看来老太太的身体普遍比老爹爹好哦。"我笑着说。

这时,冯老师来了,拿出一张报纸递给我们:"给你们看看这个,这个老太太好了不起。"

我拿过报纸,是当天的都市报,那一版刊出的是江汉区老年大学夏汉华老人的故事。今年82岁的老人家，58岁开始学画、练字，75岁时办个人画展，圆了自己少年时的梦。12年前她身患癌症，仍没有放下手中的画笔，画画让她更有力量抵抗病魔。

真的很励志。

"我们一定要坚持画画。"冯老师说，"这位老人家坚持二十多年，我们这才坚持几年呀！"

多多是这个学期才到班上来的，我是前年下半年来的。坚持最久的是冯老师，我来这个班上时，她已经学画两三年了。

说来也是缘分，没有冯老师，就没有这个班。

当年，冯老师和教我们画画的张老师同住南湖的一个小区，因为偶然的机会认识，知道张老师在教画画，就跟着她学，一学就学上了瘾。

因为是小班，学画之余，大家聊聊天，说说话，互相鼓励，共同进步，很开心。

她们都赞赏我前几天画的栀子花，说："看着都感到清香扑鼻。"

其实我也是正在摸索中。那天刚好停电，刚好家里有栀子花，我就对着实物画，没想到，效果不错。

画了这么久，一直是跟着老师画，或者临摹画册，直到这一次才知道对着实物画画更有感觉。难怪那些学美术的孩子要出去写生，对着真物实景画画确实是不一样的。

"是的，趁着栀子花还没有下市，赶紧再画几幅出来。"多多提议说。

冯老师说："你就把栀子花画好。每个人都有自己的花，你看班长画的荷花，很有味道。"

"还有您画的牡丹，也是一绝。"多多说。

在我们班上，我们都知道冯老师画牡丹画得好，大家都称她为牡丹仙子。

当然，画得好绝非一蹴而就。

张老师笑着告诉我们："冯老师刚开始画牡丹时，一朵牡丹画得有盘子那么大。"

那时候根本不了解纸和墨的特性，笔下的颜料常常发得不可收拾。冯老师笑着说："我都有些灰心了，我先生支持我，跟我说，不要紧，慢慢画。"

现在，她笔下的牡丹丰姿雅韵，令人惊叹。

每个人都有属于自己的花。

我真为冯老师的这句话而感动。

我们画它，均是出于爱，而爱，是因为所爱之物上有我们所欣赏的品质与气象。

那是人与物之间的惺惺相惜，互相认领。

画的过程，其实是在描绘自己的心相，是一个和自己对话的过程。

就算不画画，也无妨你拥有属于你自己的花，只要你喜欢，发自内心地喜欢。

有一位朋友特别喜欢姜花,那天看了我发在朋友圈的栀子花后,特意来问我:"怎么看不到卖姜花的了?"

我才想起来,大概十年前,在黄昏时分的天桥上,我见过有人在卖这种花,白色的,清简娟秀的花。但近年再没见过,我甚至忘了有这种花,而她念念不忘。

有位朋友喜欢郁金香,到同事家做客,带一束郁金香过去,插到花瓶里,雅致至极。

有位朋友喜欢香水百合,她告诉我,百合买回家后用清水养,清水里放一片维C,并且要将百合的黄色花蕊头抽离,否则,花粉掉在花瓣上会污了花瓣的颜色。

有位朋友喜欢水仙,每年都要养几球水仙在家里,到开花时节,满室清香。

……

每个人都有属于自己的花。

愿你也拥有。

桃花依旧否

从昨天到今天，我一直在录调解节目。中途去洗手间也是休息和调剂。站在洗手间的窗前往外面看几眼，也是难得的放松。

今天，一瞥之下还有惊喜。楼下的网球场旁边竟然有半树粉色的花。

梅花已谢，樱花还早，那么这应该是桃花。

前几天还问过杨老师，华农的桃花开了没？现在，有开在眼前的花，何不一近芳泽？

于是下楼，沿着礼堂外围的水泥路走，然后远远地看到了那几株桃花。

我的心里乐得一下开了花。

这里远离教学楼与学生宿舍，在礼堂后门出来的拐角处，路的另一边就是学校的围墙。这里一向人迹罕至，桃树底下还堆着凌乱的水泥碎砖，不知是拆了什么建筑之后弃之于此的。

正是这样一个僻静荒凉的所在，更衬出这一树繁花的美艳。

我拿出手机拍照，看到蜜蜂在花间飞舞，它们是和我一样的寻芳者。

突然想起去年的桃花。

去年的三月，母亲突然腿疾发作，我驱车回老家看望。过了韩集，突然看到一户人家的后院里有一树桃花，在白墙黑瓦的村屋与赭色草垛、树木的衬托下，是那么明艳照人。

虽然只是惊鸿一瞥，但人的心情一下就好了几分。顿时觉得，与桃花最配的就是这样萧条、颓败的背景，以及几分黯然的心情。如此，才有被照亮的感觉。

我记忆中，最凄美的桃花，开在三十年前。正是春寒料峭之时，班上的一个女同学突然自杀。我们都被这一噩耗弄蒙了，后来全班女生一起到她的家乡给她送行。回学校的路上，在路边看到一树桃花。

正是雨后初晴，那一树桃花开得绚丽无比，可是有一个女孩儿永远看不到它了。

这么多年过去了，我还记得当时的心情，也还为那个女同学惋惜。只是当年同行的女同学们已天各一方失去了联系，但是我相信她们都和我一样，都经历了世间的风雨，花期已过，但桃李满枝。人的成长更替比物候的成长更替更缓慢，同时也更艰辛。尽管如此，我仍然会在心里说,希望时间慢一点儿,再慢一点儿。

就像我看到这树上的桃花,希望它们能开得久一点儿,更久一点儿。

身在武汉,我总是对身边的朋友说,最美的桃花当属华农的那片。它在狮子山南麓,南湖之滨,绵延一两里。每到盛开之时,如霞似锦,蔚然壮观。

当我们的孩子还小的时候,我和杨老师多次相约带着孩子们去那里玩耍、拍照。因为她是华农的老师,所以总能给我们带来最早的桃花盛开的消息。

转眼间,孩子们都已长大,离我们而去。她们在北方,此时她们的室内还在供应暖气,而我们在南方的艳阳下,已淡了出游的心情。就像今年,我再问杨老师桃花花期,她说她也不知道。

晚上,我录完节目准备回家时,犹豫再三,开车到了那片桃树林,停车,从满树桃花中折了两枝。

夜里十点半,我到家,从车后排取下我从桃树上折的桃花。走过小区门前的花园时,一边为手中的桃花欣喜,一边感叹时光之易逝。

看着身边的花草树木,我感觉四季都在这里整装待发,赴不同的花期。

此时,在花园深处,一定有几棵红叶李正在开花。

进小区门,那段坡路的右边有一丛紫荆,它枝头的花苞正在积聚能量。再过半个月,它们就会膨胀着开出一串串像刚扯开的毛线头一样的紫红色花朵来了。

再然后，小区里的重瓣樱会盛开，沉甸甸的像叹息。

四月，不远处的华师的牡丹花会开。

而后，我家楼下的玉兰花将在树间洁白闪耀，长达两个月，是春天最后的注脚。

五月，五月榴花照眼明。

那么，荷花……

然后，桂子……

菊展，一定会有的。

然后，一年又将尽……

闻一闻桂花香

这几天每天晚上都要下楼，在校园里走走，为的是闻一闻桂花香。

对于一个曾经被嘲笑为瞎鼻子的人来说，要闻到香味近乎奢侈。但是，确实有那么几次，我闻到了馥郁的桂花香。

无法形容的香味，在我闻来似乎带着一点点辛辣。

该是多么浓的香，才能让我的嗅觉神经有那么一点儿触动啊。

深深地羡慕那些嗅觉灵敏的人，比如我女儿。

她在人家楼下走过会告诉我："妈妈，这家在烧排骨。"

当然，最诗意的是，她说："妈妈，我闻到了春天的味道。"

有的时候她会给我描述那些味道，简直是一首诗。

有一次，当我在桂花树下使劲吸着鼻子想闻到花香时,她笑着说:"妈妈,你不要用力,不经意间反而更能闻到香味。"

充满禅意。

现在,我走在桂花树下,花香是秋天这首诗的诗眼。

这些开满桂花的树,我从春等到夏,再等到秋,它们终于开了。

今年七月大雨,八至九月干旱,花开时节比往年迟十天左右。

我记得十一前只看到枝丫间粟米似的花苞,待十一后从安徽自驾游三天回来,已是一树繁花。桂花并没有用力,它只是遵循本能,就捧出了自己的花朵与芳香。

这就是日常生活的美意。

若干年前,我和好友娟去汉口参加林清玄的读书分享会。在我看来,林先生的禅意文字确实能点化人生,熨帖心灵,但有时觉得过于轻灵,毕竟生活中的苦难不是三言两语就能化解的。

当时我在《心理辅导》杂志社工作,日常收到的稿件,负责的热线电话中的人和事都是比较沉重的。我也是有感而发,提了一个问题:"为什么您的文章都很少写生活中的苦难,是不是有意回避?"

林先生讲了一个故事,他说,他有一次回家看望母亲,母亲问他,儿子,你都在写什么?他就回答说自己写了些什么什么。然后,他的母亲说,儿子啊,生活太苦了,你要写一些快乐的事,开心的事,让人能看到希望的事。

他说:"母亲的话给了我极大的启示,所以后来我尽量写快乐的事。"

人到中年,经历了种种,看到了种种,听到了种种,突然特别能够理解当年林先生的母亲所讲的这一句话。

是的,要写开心的事、快乐的事,能让人看到希望的事,就像闻一闻桂花香。

这不是避重就轻,而是举重若轻。

生活的智慧其实都是轻盈而快乐的,就像桂花盛开,它并不需要用力。

同样的,要在生活中感受到快乐,就像闻桂花香,并不需要用力地吸鼻子,放松,不经意间,自会闻到花香。

姜花无恙

前天，在朋友圈看到茵乐花园的主人发的图片，说是新进了一批姜花，问有没有人想要。我马上留言：我要我要。

约好了时间，昨天下午，冒雨去取了花。

十足新鲜的花，因为是上午才进的货。

要了三枝，如此硕大的花头，三枝足矣。

有一枝上已经开了两朵，玉蝴蝶一般翩跹枝头，另外两枝，都是含苞，一根根白玉簪一般。

"放心，它们都会开的。"主人说，可以开十来天。

满心欢喜地拿回家，用清水养在一只细长的花瓶里，很美。

顿时客厅里都是淡淡的清香，十分怡人。

喜欢这种香味，今天早上起床，看到花开了一半，如雪白的蝴蝶憩满枝头，香味更浓，但不腻。我甚至舍不得像平时那样马上开窗透气，想让这香气在家里多待一会儿。

上一次见到姜花,至少是在十年前。

当时是黄昏,在过街天桥上,有人推了载满各式鲜花和小盆栽的车在那里。我看到养在铁皮桶里的姜花,喜欢它的清雅芬芳,于是买了两枝。

自此再没见过这种花。曾经也去过花木市场寻觅,都没有遇到。

茵乐花园的主人告诉我,姜花不像玫瑰、百合那样一年四季都有,它是比较小众的花。这种花花期短,只在十月开放,可遇而不可求。

原来如此。

我和姜花的重逢,也算是一期一会了。

满满的欣喜。

由它,我想起很多在我的生活中出现过,但又离开的人。同学、老师、同事、朋友、亲人,那些吉光片羽般的存在,那些稍纵即逝的美好。

正如这姜花。

经年不见,但愿别来无恙。

若姜花，若百合

自从上次在茵乐花园偶遇姜花之后，心里一直念念不忘。姜花花期短，一个花头十来朵花，三五天内次第开放，一周之后就全部凋萎，便想着再去买。

那天回家路上去了茵乐花园，没有姜花，就买了两枝白色的百合，同时预订了姜花。

百合也是我的所爱，花形雅，香味浓，且一年四季都有。

回家后，把这两枝百合插在那个细长的瓶里，甚好。

次日去拿姜花，这次是另一个店员在。她告诉我，姜花已经下市了。

老板说过姜花花期短，只开在九、十月间，但没想到花期这么短。

怅然而返。

之前的三枝姜花在摘除花瓣后，花托一如鹤形，而且它们的叶子依然碧绿鲜润，继续养着做插花也可以。姜花可观花，亦可观叶，真的是极好，唯一的不足就是花期太短。

第二天，却收到老板的微信，说又订到姜花了，让我去拿。偏偏当天在电视台录节目，一直到晚上八点多才结束，九点才回到学校。抱一丝希望去茵乐花园，还好，花店的灯还亮着。赶紧停车，庆幸主人还在等我。等我把车停好，上面的灯也熄了，太巧了。我赶紧上楼，老板正准备关门，见我来，连忙开了灯。

一室芳草，我只选姜花。

这次的姜花没有上次的粗壮——选花秘诀，一定要选花茎粗的，不过，能够再买到已经不错了。选了三枝，心满意足地回家。

一进家门，就有花香扑面而来，桌上前两天买的百合已经开了一朵，看到蕊丝之上深红的花蕊头，我想扯下来，转念又住了手，就让它带蕊开放吧。

睡前把姜花拿到卧室，早上起床后，看到它在夜里开了三朵，白玉蝴蝶似的，清香依旧。

把它挪到了客厅的工作台前，让它和百合并排放在一起，让它们各美其美。

百合花瓣肥硕大气，花香浓郁霸道。姜花花朵小，但是以苞状簇生，花朵次第开放，绢质的花瓣有我见犹怜的纤弱感。它的香，清淡绵长。

真的是各有风姿，各有调性，但放在一起会觉得堆砌。于是，欣赏完后，我把百合拿到书房，姜花还是放在客厅。

随后几天，只要从外面回家，闻到满室清香，就心生喜悦。我也曾仔细辨别，这香味到底是姜花香还是百合香？最后笑自己，香味是流动的，这是两种香味调和之后的香。

我发现，这次的姜花开得比上次的仓促，而且叶边也干枯卷翘，跟上次的比真的差别挺大。一方面，确实这次的品质要差一些，但同时，我也在想，难道它是被百合比着，羞赧之下，匆匆开谢？

我觉得这种可能性更大一些。毕竟，花自有灵。姜花可能感应得到百合的存在，为了争自己的存在感，于是就匆匆地开。

百合真的开得从容，我是上周二买回来的，它先开一朵，隔一天再开一朵，到今天，已经是第八天了，有三朵全开，还有一朵正在开放，最外层的花瓣微微地露出边来，估计到下午会全部开。真的是不慌不忙，从容淡定。

我欣赏百合的美，同时也为那束姜花感到惋惜，它这次真的是被百合欺了颜色。

我想，以后，我还是每次只买一种花好了。

没有对比，就没有伤害。

花如此，人亦如此。

愿此生能泰然自若地做自己，不被欺，亦不受气。

一枝梅

上午十点,我和女儿一起出门,去汉阳叔叔家拜年,参加家族聚会。虽然下着雨,虽然开着车,但我还是看到了树丛后面的一抹绯红。

"好像是梅花呢。"我对女儿说,有几分惊喜。

我把车速放慢,再定睛看,真的是一树一树的梅花。

多数是红梅,似乎有一两株绿梅。在这里生活二十多年,从这条路走过无数次,第一次发现这里竟然隐藏着一排梅树,而此时,它们开得正盛。

"你一定想着要折梅花了吧。"女儿笑着说。

"是的,"我笑,"回来的时候,我去向主人家要一枝梅花,以弥补我这么多年竟然不知道这里有梅的遗憾。"

然后,就有了这一枝梅。

因为是开得正好的梅,而且是在雨后所折,所以枝条与花瓣都润泽,且有淡香。

近日可谓与梅有缘。

我去湖北美术馆看展，在一楼 2 号展厅的"流年似水——旧上海广告月份牌特展"上，看到了一幅画，取材于寿阳公主的梅花妆。

看画中那清丽、温婉、古典的女子，和梅花一起演绎了一个美妙的故事。

宋武帝女寿阳公主日卧于含章殿檐下，梅花落公主额上，成五出花，拂之不去。皇后留之，看得几时，经三日，洗之乃落。宫女奇其异，竟效之，今梅花妆是也。

一树梅花万千，唯有那一朵，在那一刻，不偏不倚落在公主的额头正中间，红颜添妆，世间女子纷纷效仿，于是有了梅花妆，而寿阳公主则被尊为梅花的精灵，正月的花神。

花与人的互相成全，就在她们相遇的那一刻。

而我，只求年年都有这样的一枝梅，在我的案头寂静开放，许我芬芳。

静心吊兰

每年的四五月于我都有一种慌乱、急促之感,是被各种花花草草给闹的,尤其是楼下的玉兰花,一周前它们还是满树绿叶,这几天,它们竟然也开花了。几乎是一夜之间,碗口大小的白色的花在树冠上盛开。从六楼看下去,白灼灼,皎皎然。

这么美的花朵,可是,我看到会心慌。

因为一旦它们开过,夏天就到了。

不知道别人是怎样的心情,我确实会因这些花而心生波澜,初看时欣喜,花凋时伤逝。

好在有吊兰,吊兰也开花,它是能让我静心的花。

也许是因为它是我养的花,我摸得透它的脾气;也许是因为它的花朵很小,美得谦和,没有侵略性。总之,看着吊兰,我的心会静下来。

养吊兰是从六七年前开始的,到现在,大大小小十几盆,分布在家里不同的地方。

现在正是它们开花的时节。细细小小白白的花，含蓄羞涩。白天开放，仅一枚硬币大小；夜间闭合，像一粒细长的米粒。

除花之外，枝头的小植株也很好看，一簇簇新叶，垂挂于枝头，姿态万千，看着它们就觉得养眼。它们既像绿色的花朵，又像展翅的鸟，而吊兰的另一个名字"折鹤兰"，就因此而来。我把一张吊兰的照片发到朋友圈，作家沈嘉柯看到后评点：这姿势好像白素贞和许仙在雷峰塔前。令我笑倒，作家的想象力果然就是不一样。但不得不说，吊兰的新生小植株的姿势之美，是它所特有的。

吊兰既可观赏，又可净化空气，最关键的是，好养。我只需要在它们叶子发蔫的时候去给它们浇浇水；在有枯叶的时候清理一下里面的枯叶；当枝头的小植株长得够大了，就把它们取下来，放到装有水的容器里。

什么样的容器都可以，各种玻璃瓶、碗、茶壶、水杯，都被我拿来做过养吊兰的器物。

不过到最后它们还是要移栽到土里。只有在土里它们才能长得茁壮，抽出细长的花茎，并在茎上开花。花谢之后，花茎从顶端长出小植株来，开始新一轮的更迭。

虽然也一直在送人，但家里的吊兰还是越来越多。不过，我从来没有因此而生厌烦之心，反而觉得这就是我想要的一种状态，既有野蛮生长的力量，又有优雅谦和的品相。

这就是我喜欢的吊兰。

简单的花

不知道是否有人和我一样,在年少的时候,喜欢重瓣的花,越是花瓣繁复,越觉得珍贵、华美,比如牡丹、玫瑰和月季。

这大概和小时候的生活环境有关。

在农村长大,在老家的房前屋后,在广袤的田野之上,生长的都是单瓣的花,桃花、梨花、枣花、石榴花是单瓣的,棉花是单瓣的,南瓜、冬瓜、黄瓜、丝瓜、瓠子的花是单瓣的,豌豆、黄豆、扁豆的花也是单瓣的。更不用说那些野花了,几乎都是单瓣的,单瓣的木槿,单瓣的刺玫,单瓣的雏菊……

看它们也会觉得美,但是又会生出遗憾,觉得美得单薄了一点儿。

于是对重瓣的花视若珍宝。

记得以前我们村在小河边有一大块地,有一年在那里种了菊花,据说是药菊。每到采菊时节,我最爱的是在花海中找那种重瓣的菊花。每发现一株都视为奇葩，所以当时的注意力并不在采菊这件事上，而是在找重瓣菊花上。

当然，这是不会对大人言的秘密，我只是借着采菊在寻找深藏其中的惊喜。

在农村，若有人家种了月季，或是栀子，这绝对是值得骄傲的一件事。我家曾经种过一株一人多高的栀子，那一树的栀子花芬芳了我的整个童年。直到现在，路上遇到一棵栀子，若女儿在身边，我都会不厌其烦地告诉她："当年，老妈种过一棵栀子，比这个还高……"

荷花也是重瓣的，而且开在水中，因其可望而不可即，我更是觉得它美得出尘，这是属于天国与佛界的花。十岁那年的夏天，到姨伯家玩，两个表姐带着我去她们家附近的荷塘摘荷叶和莲蓬。我是那般欣喜，到现在还记得手中那朵莲花的清香。

物以稀为贵，因其少，所以记忆深刻。

可惜在乡间，最常见的是单瓣花。其中我视之为花而又不太在意的，一是木槿，二是刺玫。

从小我就是一个实用主义者，我能够原谅那些瓜果类的花开成单瓣，因为至少最后它们结出了可以吃的果实。但是，这木槿和刺玫，结的果实又不能吃，就知道开花，毫不吝啬地开，热热闹闹地开，招得来蜜蜂、蝴蝶，却得不到我的欢喜。

在我看来，它们最大的作用也就是做绿篱。也确实如此，村民通常将木槿种在茅屋的边上做遮挡，将刺玫种在菜园的边上做防护。

其实现在看来，它们也是美的，只是当时的我还不会欣赏，觉得这些一眼看透的单瓣花，令人索然。

如果它们再多几层花瓣，像月季，或者栀子，层层叠叠的花瓣富有变化，藏有神秘，花的灵魂似乎都更厚重一些。

这就是我早年的审美趣味。

我以为，我会一直如此。可是，人到中年，我发现自己的审美变了，越来越喜欢简单的花，就是那种单瓣的花。五六片花瓣展开，一丛花蕊，最好一茎独秀，亭亭玉立，风姿卓然，真是极致之美。

最早发现的是郁金香之美，尤其是在它含苞之时，有一种无以言说的端庄与静美。

后来，发现单瓣的桃花，比重瓣的碧桃要美。

楼下的玉兰，到五六月间开的硕大的雪白花朵，是单瓣的，但是极美。直到最后凋谢前，花瓣变成锈红色，仍然风姿绰约。

路边再遇雏菊，看它们便如同与孩童的眼睛对视，一派天真。

有一年夏天，在狮子山绿道散步，不经意间看到一丛刺玫，当时就惊呼，哇，好美！

它的花朵依然单薄，像我童年时在菜园边上看到的一样，甚至还不及它们的丰美，而现在的我觉得它们极美，简单的美。

其实，爱与不爱，皆因为同样的原因——物以稀为贵。

在城市里，这些野花反而成了稀有品种。

我出行常常要走二环线，每每至此，便感叹城市是集人类文明之大成的地方，也是异化最严重的地方。遑论其他，只说环境，各种公共设施为人们提供了尽可能多的便利，但建设与毁坏如影随形，道路一直在挖，在铺，再挖，再铺，几乎永无宁日。道路中间的绿化带也一样，种了挖，挖了再种。是的，设计者很用心，园林工人很辛苦，让月季、蔷薇、迎春花、杜鹃花、石竹、太阳花轮流地在绿化带里开，初看也美，看多了也就审美疲劳了。

有一天，当我在珞狮南路的绿化带里看到经过嫁接的月季开出如碗口大的美丽花朵时，我发现，我已不再像从前那样为重瓣的花而动心了。

不是它不美，是它过于美。

我反而重新爱上了野花。

若在路边遇到，采摘一两枝回家，养在清水里，就会觉得比在花店里买的那些重瓣的花，更合我的心意。

因为正当时令。

因为更有自然天成之意。

因为有不期而遇之美。

而就在前几天，我读到一首小诗，宋代王琪的《暮春游小园》：

> 一丛梅粉褪残妆，
> 涂抹新红上海棠。
> 开到荼蘼花事了，
> 丝丝天棘出莓墙。

这才知道，所谓荼蘼，正是那些开在菜园边上作为篱笆的刺玫。

不觉莞尔。

我一直以为荼蘼是一种状态，不知道原来它其实是花名，而且是旧相识，是我曾经不那么喜欢而现在开始喜欢的一种简单的花。

它在古时早已入画入诗，只是我孤陋寡闻。

必须要经过这长长短短的时间，兜兜转转的路程，我才能重新与它相遇在一座山间雨后的绿道边，一首美好的诗词里，才得以对它说："哦，原来你叫荼蘼，原来你这么美。"

花不等人

杨老师在微信上告诉我,她昨晚健身完毕准备约我去华师赏花,看时间太晚便放弃了。她问我:"华师的月季、牡丹什么的都开了吧?"

我忍俊不禁,告诉她:"牡丹早就谢了,不过月季还在开。"

"啊?我还没赏呢!怎么不等等我就谢了。"可爱的杨老师说。

我告诉她:"花不等人。"

早在两周前,静思约我去看华师的牡丹。她下班后过来,我在学校大门口接她,开车急急往华师赶。虽然已近黄昏,但牡丹花色明亮,那里还有路灯,还来得及,我想。

没想到不是天色不等人,而是花不等人。

等我们兴冲冲地赶到牡丹园时,发现垄上只见枝叶不见花。早上刚刚下过一阵大雨,地上落红片片,好不容易看到有两三朵花还在枝头,但已是凋萎之姿。

这一季牡丹的花期真的过了。我们俩在那里笑,这么急急忙忙地赶来,还是迟了。

静思有几分失落,她说自己还从来没有看过牡丹,没想到今年又没有看成。

身为医生的她一直很忙,我安慰她,等明年一定早早地来看。

我倒是看过几次牡丹,在东湖的牡丹园看过,更多的是在华师的这片坡地上,因为离家近。只是两个人匆匆来看牡丹却只见一地残红,乘兴而来败兴而归之中,总归是有错愕、失望以及遗憾。

好在还有半坡南阳月季,也很美,她拍了月季的照片,说要在自己家的花园里种两株这样的月季。

这是半个月前的事。

那天,花没有等我们,一场风雨来,该谢也就谢了。

而今天,杨老师在得知牡丹早已开过,但月季还在的消息后,兴致不减地说:"哪天我们一起去吧,我想剪一枝月季回来养着。"

又一个看花不成便想要折枝的人。

只为弥补一下此前的失落。

不用心，怎么配得上"养"这个字

看到冰箱里有放坏的菜，我把它拿到楼上去。昨天我在那里刚栽了三棵丝瓜苗，食物埋在泥里可以沤作肥料。

没想到丝瓜秧蔫蔫地趴在地上，一副气息奄奄的样子，我赶紧给它们浇水，希望它们能缓过劲来。

下楼的时候遇到邻居，她戴着一顶大草帽正在上楼，去看楼上她种的菜。

打过招呼，我告诉她："我栽的丝瓜秧都蔫了。"

她说："你要用东西盖着啊，这么大的太阳，会晒死的。"

我昨天只是给它们浇了水，真的没想到要遮阳。我赶紧在楼道口的杂物堆上拿了两个纸盒，反身上楼，把它们盖在了丝瓜秧上面。

人在太阳底下要戴帽子、打伞，植物也一样啊。刚刚栽下的丝瓜秧娇得很，应该给它们盖点儿东西的。

这么简单的道理，我竟然不懂，需要邻居来提醒。还是我不够用心啊。

想起了当年那个花店老板的话。

"既然是养花，就要用心养。要不怎么叫'养'呢？"

那是水果湖车站附近的一个小花市，我临时起意进去逛，然后听到路过的那家花店的老板正在对客人讲他的养花之道。就这么一句，让我心中一动，进了他的店。

老板热情、健谈。我看他家的花花草草，遇到未知品种，跟他询问，他不仅告诉我植物的名字，还告诉我它的习性。

他说："有的植物喜阴，就不要放在阳台上；有的植物要经常浇水，比如栀子花。"

"哦，我想起前年养的栀子，就是干死的。可之所以如此，是因为更早一年的栀子，由于浇水过多，好多花蕾都掉了。"

"那是你没掌握好节奏。"老板说，"过犹不及。不干不浇，浇就浇透。"

不过，我也有养得还不错的花，我有些得意地告诉老板："我家的君子兰今年开花了，前不久花刚刚谢。"

老板说："你可以趁着花刚谢给它追点儿肥，这样它明年会接着开花。还有啊，君子兰的花谢后，不要人为地将花摘下，或者将花茎剪断。而要让它自己枯萎、变干，到最后，那花干得像稻草了，你用手轻轻地一拔，那根花茎就一整根地出来了,这样对花的伤害最小。"

"是吗?"

"是的,你自己剪断后,它就像人伤了心一样,从里面开始烂。"

天啊,这简直是诗人一般的语言。而且这提醒太及时了,我家里的白掌在开过花后刚被我剪了。

那天我回到家,把被我剪过的白掌的花茎轻轻地一拔,果然,它就从里面出来了,而且根部真的长着白色的霉丝。

如果我不剪它,它应该不会长霉吧。

看来养花种草还真的是要用心,懂它,尊重它,爱护它,就像养孩子一样。

那天在那家花店,听了老板分享的那些养花秘籍,我买了一株小叶榕盆景。另外,看到门口水族箱里的小鱼,我又买了四条小锦鲤。

临走的时候,店里的老板对我说:"好好地养它们哟。"

喜欢看到卖东西的人对自己的卖出之物有感情,化冷冰冰的交易为有温度的托付,感觉很贴心。

我笑着点了点头。

那几条锦鲤我确实养得比较久,不过最终它们还是没了。那盆小叶榕也是如此。

真对不起老板的那句嘱咐。

但他所说的那句话我倒是一直记得,既然是养花,就要用心养,要不怎么叫"养"呢?

所以,我决意要养好这三棵丝瓜,如果,它们扛过了今天的太阳,能够活下来的话。

我们家的树

那天,和朋友在东湖边散步。正值五月,所有的花草树木生机勃发。我们感叹,只有在这里,才能看到这样茂密的花草与树木,享受这难得的风景。

在寸土寸金的城市,谁家能有自家庭园,能按自己的心意种植花草树木?

朋友一脸惆怅地说:"其实我们家以前就有过。"

她讲了她们家的故事。

她的母亲当了一辈子医生,医术很好。退休后,母亲娘家的村领导说:"你是咱们村的姑娘,我们欢迎你回来。你在村里开个诊所,也方便这一带的乡亲看病。"母亲当然愿意。于是,村里给她划了一块宅基地。好友的父亲是工程师,他亲自设计了房子,再请来施工队施工。前前后后用了差不多一年的时间,建了一座新房子。

"那个时候,我和我妹妹刚刚参加工作,虽然工资不高,但每个月领了工资就拿回家给母亲,用到建房子这件事上。"朋友说,"先是建了两层,后来加到四层。一层用来开诊所,一层用来出租,另外两层用来住人。"

"哇,这多好啊。"我羡慕地说。

"最好的是,我们还有一个小小的园子。父亲在那里种了四棵树——两棵雪松,两棵桂花树。父亲还在园子一角挖了一个小池塘用来养鱼,可能因为塘太小了,鱼没养好,后来就填平了。园子里当然也少不了种花种菜,所以我们家的餐桌上总有当季最新鲜的瓜果蔬菜。"

"这一切都是我的理想生活啊。"我笑着说。

"是啊,我们当时很喜欢那个家。"好友说,"渐渐地,树都长大了,桂花树每到秋天就吐露芳香。雪松笔直粗壮,给我们带来浓浓的绿荫。最惬意的是,到了夏天,我们在两棵雪松之间扯上吊床。我和妹妹两个人躺在吊床上看星星,看月亮,凉风习习,那真的是幸福的好时光。"

她指着路边的一棵水杉说:"差不多我们家的树就和这棵树一样大小。"

"过了十几年,我们的房子面临拆迁。固然是有补偿,可我们都舍不得那个家,也舍不得那个小园子。但是大势所趋,房子还是得拆。在拆之前,我想,怎么安置我们家的这些树呢?"

太可惜了。不过,在城市里,这也是身不由己的事。人容易安置,树却不容易。我赶紧问好友:"那怎么办呢?"

"我跟父母商量，不如把我们园子里的树送给我工作的学校。父母当然同意，他们太爱这几棵树了。如果只是一砍了之，太残忍了，能够移植到校园里，让它们继续活着，是再好不过的。"好友说，"我征得了父母的同意后，就去跟学校的校长讲了这件事。校长连说：'好啊好啊，这是好事，欢迎你们家的树。'

"学校派了一个园丁和一辆大卡车来到我们家，将那两棵雪松、两棵桂花树很小心地挖了出来，给它们保留了很长的根系和周边的泥土，然后运到我们学校，种在校园里一个树相对少的角落，经过园丁的精心伺候，它们都活了。"

"哇，太好了。"我也很开心。

"我在学校上班，休息时偶尔会去看看它们。回娘家时，我也会把我看到的情况告诉父母。我会说，我们家的树现在长得好好的。是的，我仍然会说，我们家的树。

"父母现在都是七十多岁的老人了，他们身体很好，时不时地还特意到我们学校来，看看那四棵树。有的时候我会陪他们，有的时候他们都不告诉我一声就自己来了。"

好友讲到这里，满是笑容，为自己当初的决定而庆幸。

"我和妹妹都各自成家了，但是再聚时，每每谈起那几棵树，我们都觉得它们代表了我们过去的好时光。那四棵树现在在新的地方落地生根，枝繁叶茂，很好，我们一大家子人现在也生活得很好。只是人总是容易恋旧，难以割舍从前。

"买新房的时候，母亲说：'我希望有个大阳台，可以种点儿花花草草。'父亲说：'我只有一个要求，希望在新房子里住着时，还能看到以前我们那个家所在的地方。'

"好在有个楼盘正好在我们原来的家附近，我们就在那个楼盘买了房子。高层，有大大的阳台，也如父亲所愿，能看到原来我们家所在的地方——那里已经变成了一个商业区，我想，父亲目光所至之处，虽然看到的是现在的景象，但他的心里一定是往日情景。那时候，我和妹妹正值青春，父母正是壮年，我们家的树郁郁苍苍。"

我听到这里，也为之动容，为那一句——我们家的树。

贰

一起吃饭吧

猪油炒米茶

有些事情注定就是很好笑的，比如今天，女儿收到我发给她的快递，发来微信：炒米袋子破了。

我本来只是给她寄夏天的衣服过去，装完后纸箱还有空间，想起上个月回老家时母亲给我的一袋炒米，就用一个食品袋装了一些给她。当时我确实担心袋子会破，便又套了一层塑料袋，以为万无一失，怎么还是破了呢？

我赶紧打电话过去，女儿接了电话就笑，是那种有点儿无奈但又觉得还蛮开心的笑。

她说："我在扛着纸箱回宿舍的路上就觉得有点儿奇怪，里面怎么有沙沙的声音。等到了宿舍，打开纸箱一看，妈呀，那袋炒米破了，里面的炒米粒都漏出来了，那沙沙声来自它们。"

我说："当时我为了防止袋子破，是用了两层塑料袋的。"

"可是，你在一边放的巴旦木的袋子有尖角，是它们划破了它。"

哦,我明白了。当时装完炒米后,想起春节时买的巴旦木还有三袋,于是,就拿了一袋放在纸箱里。当时是把巴旦木放在一侧,炒米放在另一侧的,没想到,路途颠簸后,它们还是被挤到一起亲密接触,结果就这样了。

这可真的是令人哭笑不得。

"好在是炒米,"我安慰女儿说,"它们不油,粘在衣服上也没关系,抖一下就可以了。"

女儿更会自我安慰,她说:"我在想哪天穿着衣服,要是饿了,可不可以从某个口袋里掏出几粒炒米来吃。"

呵呵,我被她逗笑了。

我问,大概损失了多少炒米,三分之一,四分之一,五分之一?

她说还好,就是有一个角的都漏出来了,抖在地板上,室友们都去踩,啪啪地响,挺好玩的。

我问她:"你的室友中有没有谁是从来没有见过炒米的?你可以分给她们吃,告诉她们炒米是怎么做出来的,让她们开开眼界。"

放下电话,想起那袋炒米,还是想笑,自己做过的可笑的事挺多,这只是其中很小的一件。

我替那些掉在地上被浪费的炒米可惜。从一粒米到一粒炒米,不是一件容易的事,我想起小时候见过的母亲做炒米的过程,很复杂。

先是把米泡了，蒸熟，摊开晾晒，成为阴米，收藏起来。到了过年时，家家户户都会炒米。灶膛火烧得旺旺的，大铁锅里放了一种黑色的沙，用竹帚搅动，然后把阴米撒进去，迅速地翻炒，就见一朵一朵的炒米花在黑黑的沙里绽放。雪白的炒米像泡沫一样浮起，米香在空气中氤氲。看到炒米已经雪白，把一口锅都要占满了，这时，要赶紧用铁纱撮子将它们从锅中撮起，稍晚一点儿，它们就会焦黄，甚至炭化变黑。同时还要用竹帚敲着纱撮子，让沙漏干净后，把炒米倒进大缸里。

那炒米脆脆的，香香的，甜甜的，是我们最好的点心。

炒米的吃法挺多，除了干吃，还可以和麦芽糖、芝麻一起切成又香又脆又甜的麻叶子。或者是用开水泡了吃炒米茶，放点儿盐或红糖在里面，就是美味。

奢侈的吃法是在炒米茶里放猪油，猪油在开水中迅速地化开，一汪汪的油包住了炒米，香味也随热气散开。炒米的香脆和猪油的油润调和得恰到好处，是绝配。

那个时候，猪油可是稀罕物，一般过年时才炼上一瓶，用它来炒菜，拌酱油饭，泡炒米茶。

现在还有谁吃猪油？至少我是很多年没有吃过了。可是此刻，当我想起那一碗猪油炒米茶时，真的觉得口水都要流出来了。

这世间万物，终有其名

那天闲来无事看朋友圈，看有人晒她挖的野韭菜炒鸡蛋的照片，勾起童年回忆，不见此物三十余年矣。想起好友阳光说她某年曾在东湖樱园挖过野韭菜，于是打电话给她，约着和她去挖野韭菜。

她当天有事，而随后几天据天气预报说有雨，雨将下到月底。

看来是挖不成野韭菜了。

但是却止不住那份想在田野之上寻觅点儿什么的心，我说过，我骨子里是一个农民。

昨天，在华师体育馆边上的早点摊过完早（方言，吃完早饭），回家路上，看到一个骑自行车而过的女士，车后架上夹着一袋菜，好像是野芹菜。想起体育馆南边那片林子里的那片野芹菜，决定去采一些。

我折回面馆，找老板娘要了一个塑料袋，往树林那边走。远远看到有工人推着翻斗车把渣土往树林里填。

"这是做什么,要填林吗?"

"在沤肥。"

哦,原来他们是华师的园林工。

"那里面是不是有野芹菜?"

"是的,可以吃。"

我就进了林地,去摘。

它们一丛丛一簇簇,长得太丰美了,我摘得止不住手。

摘了满满一袋,然后回家。

本来我以为它是野芹菜的,但毕竟是要入口的东西,还是得慎重。于是,就拍了照发到朋友圈,问是不是野芹菜。

好多人说不是,也有人说是。有人说小心野菜有毒,也有人说这个打在汤里很好吃。

吃还是不吃?

我的厨师弟弟说这个东西可以吃,并且告诉我先焯水再凉拌。

晚上,我把它焯过水后,切碎,用姜、蒜和红辣椒清炒,看上去很不错啊。但真的到吃的时候,我有些紧张,小心翼翼地尝了一口,味颇辛辣,略涩,不敢下咽,吐出来,绿绿的菜汁。

我打电话给弟弟,问:"这个东西味道怎么这么怪?

到底能不能吃啊?"

他说,他以前在生态农庄做主厨时,常有客人到树林里去采这种野菜带回家。又告诉我,不要炒,就凉拌。他说,你焯水时往水里放点儿盐和油,颜色会特别好看。另外,出锅后要用冷水过一下,凉拌时多放蒜头,味可以重一点儿,醋和辣椒多给点儿,再加点儿糖。

我要不要再试一试呢?

那盘菜我最后倒进垃圾桶了,但是袋子里的那些还舍不得扔,在树林里摘得高兴,真的摘了好大一袋呢。

反正至少,它是没毒的。那么,像弟弟所说的那样凉拌会不会好一些呢?

想起了神农尝百草,那需要怎样的勇气啊!

周末一早起来去菜市场,在青菜摊前转时尤其留心,好希望看到这种野菜。

可是没有。倒是看到其他几种我所不知的野菜。摊主说:"这是枸杞头,这是木心菜,要不要来一点儿?"

还看到了苜蓿。当年在老家,这种俗称"劳子"的草大面积地种在稻田里,开春后翻耕到田里以作绿肥。我们都知道它是可以吃的,但很少吃它,春天的菜园是丰产的,不缺它这一味。现在,它成了摆在城市的菜摊上售卖的野菜。

还看到了蒲公英、地米菜、鱼腥草,就是没有看到我昨天采的那种菜。

越是这样,越是迫切地想知道它是什么植物。回到家,搬出我的那一套《实用中草药彩色图集》,开始翻看。

有一处折页,打开,图谱上是去年我刚刚认识的一种野菜。当时,我和几个朋友在江夏绿道徒步,身边有老妪走过,手上握着满满一把叶子菜。我们问这是什么,她笑着告诉我们,这叫野苋菜,炒着吃,很好吃的。

这植物长得漫山遍野的,于是,我们便照老妪的指示,掐下它的嫩叶来,不一会儿就掐了一大把。

那天回家后,我仔细地翻那套书,没想到还真的找到了,它不叫野苋菜,叫商陆。

商陆,这可真的是出人意料的名字,似一个人的名字,而且颇有古风。

要说此菜,它的味道如何倒在其次。我欣喜的是,我终于知道了它的名字,而且这名字,如此雅致。

关于植物的名字,真的是有意思的。

在这本书里,我按图索骥,一一认领了童年时代在田间地头,在河边坡上,在树林里,所见过的那些植物,淡竹叶,小蓟,大蓟,车前子,水蓼,益母草,青蒿,磨盘草,灯笼草,墨旱莲,千日红,青葙子,瓦松,苦荬菜,马兰，飞廉……哦，原来，它们叫这个名字。

我喜欢这种认领的感觉——我和它们曾经共生于一地，吹过同一季风，淋过同一场雨。我曾打量过它们，踩踏过它们，也采摘过它们。但是，我对它们知之甚少。曾经，我一概以野草而名之，现在才知道，原来它们也有名有姓。

我喜欢这套书，闲来无事翻一翻，看看每一株草，每一朵花，它们的名字，以及它们的特性。

这些名字有的很美，比如，泽兰、半枝莲、天青地白、垂丝柳……

有的很惊悚，比如，夜关门、断血流、鬼针草……

有的，仅仅看着它们的名称就会笑，比如，忽地笑。

……

我在想，当初，是谁给它们命名，然后将其名称、形貌、质地、特性一一记录下来，让其传承的？

这一切的一切，需要怎样的用心？

因为起名的过程，在理性地了解探索之外，必然会伴有某种情感的投入，怜惜、尊重、爱和敬——虽然是微小如斯的存在，但它们也都是生命，根系入地三尺，枝青叶茂笑春风，或可疗饥，或可入药。

这是一个漫长的人对草木的认知过程，有无数人为此付出，而我此刻，手捧一册，坐享其成。

这真的很幸福。

所以,虽然我到现在也没有找到我想要知道的这种植物的名称,但我相信,它一定有它的名字。

因为这世界上的万物,终有其名。

老家的菜园子

在城里跟着孩子们过了十年,帮着把孙子、外孙都带大了,父母决定回老家去,叶落归根,开始他们的晚年生活。

第一件事,当然是修缮老屋,近十年没有住人的老屋已经漏雨,重新排瓦以后还可能漏,索性将屋顶的瓦拆下,铺上了大块的蓝色石棉瓦,虽然少了白墙黑瓦老屋的韵味,但也省了长夜滴漏的烦恼。

这些拆下的黑色屋瓦先是被堆在一边,不久就派上了用场。二老计划在厨房旁边开一个菜园子,父亲就用屋瓦给这个菜园子砌了一道围墙,将菜园子与路分开,保护菜园子不被行人踩踏。

这围墙,造就了一个漂亮的菜园子。

五一小长假,我带着女儿回家看他们时,第一眼就被这个菜园子吸引了。

屋瓦错落有致地堆砌在一起,弧度优美地拢住小菜园,既可以起到隔断作用,防止牲畜践踏,鸡鸭偷吃,同时又因为这些屋瓦是有弧度的,它们摞在一起能制造出一种镂空的效果,很是灵动。而且瓦与瓦之间的接触面挺大,所以虽然镂空但又很稳妥。

父亲对自己的这个作品也很是得意。他说,有一次有路人看到,还特意夸奖这个园子围得漂亮呢。

母亲在菜园子里种了辣椒、茄子、竹叶菜、番茄、蒜苗、豆角、黄瓜。

五一期间它们尚是小苗,到暑假回去时,它们都结了累累的果实。

而我同样也是在五一期间种下的番茄,只结出了鸽子蛋大小的几个果实。

这是可以原谅的,我的番茄种在楼顶天台上的小花盆里,盆里土少,我还常常忘了浇水,当然比不过这菜园子的优越自然条件——因为紧邻厨房,母亲淘米、洗菜的水经过排水管排到这里的蓄水池,要浇水的时候就可以直接舀出来浇。厨房灶膛里柴火燃烧后的灰烬清理出来倒在菜园子里,是极好的肥料。水足肥饱,菜们自然结得水灵健壮。

母亲说,这菜园子里种的菜他们两个人都吃不完,经常送给邻居。当然,邻居也把他们果树上长的果实拿过来送给他们。

这样的一个菜园子,是在城里生活的人的奢望。每当我在楼顶天台看到我和邻居们在各种花盆、弃用的浴缸或脸盆甚至是抽屉里种的可怜兮兮的几根菜时,就想起母亲的那个菜园子。那里所有的植物都在静静地生长着,汁液饱满,肉质鲜嫩,等待着你去采摘。

今年回老家过年,菜园子里长着的白菜一棵棵都用草绳捆着。虽然已经打了霜,外面一层都蔫了,但是,我知道它们的内心仍然是一片蓬勃,仍然在积蓄着生长的力量。

临走的时候,菜园子里的大白菜都没了。它们被父亲砍下来,装了满满的一大编织袋。几十个红皮萝卜装在一个篾篓子里。两大把大蒜、十几兜肥硕的白萝卜在另一个袋子里。还有碧绿可人的茼蒿、上海青,分别装在两个不同的袋子里。两根藕,是父亲和小弟冒着严寒在村头的荷塘里亲手挖出来的。它们连同一纸箱的鸡蛋、米,以及一袋绿豆,把我的车的后备厢塞得满满的。

"多带些回去,"父亲说,"分给你的朋友,这东西在农村不值钱,在城里还是稀罕的,都是施农家肥长出来的,没有用一点儿化肥农药。"

是的,那上海青的味道就是不一样,细腻,甜净,吃得人口齿留香。

大蒜更是格外香。在武汉买的大蒜吃完嘴里总有纤维,但家里的大蒜非常嫩,没有渣。

回到武汉,我把这些菜一一分送给朋友,这个过程真的很开心。

打电话给朋友们,告诉她们我从乡下带了些菜想送给她们。于是她们来了,一个拎着红酒,一个带着从家乡带来的风干鸡。

我笑着说:"我占便宜了,用土菜换洋酒,用素菜换荤菜。"

后备厢里的菜一点点儿地少了。

那天在路上遇到女儿的画画老师,聊了会儿天,突然想起车里的白菜,于是打开后备厢,从里面搂出两棵白菜来,说:"这是从乡下带来的,给你尝尝鲜。"

老师高兴得不行。

我在电话里告诉母亲,他们种的菜都被我送完了。

当然,并没有真正地送完,这会儿,在我的厨房的竹篮里,还有一棵大白菜,一些红萝卜和白萝卜,一根藕,一把蒜。我会慢慢地消受它们,从舌尖到心灵。

好久没回老家了,想念父母,也想念家里的菜园子。

楼顶的塔莎奶奶

某天，在一位编辑朋友的博客里，看到了一组精彩的图片。图片中有一座斜顶的老房子，房前是开阔的树林、草地和花园。树上结着果子，草地上栖息着牛、羊、鸡、狗，花园里开满了鲜花。

它们的主人，是一位叫塔莎·杜朵的美国老奶奶，人称塔莎奶奶。

塔莎奶奶出生于 1915 年，90 多岁的高龄了，仍然在从事绘本插图工作。工作之余，甚至比绘画更重要的，是她的园艺、她的花朵、她的柯基犬以及这老房子里的一切。

她喜欢 18 世纪的生活，所以，她自己织布，自己缝制棉布长裙，养山羊挤奶喝，过着自给自足同时极具美感的生活。

这种生活深深地吸引了我。

自小在农村长大，我喜欢开阔的视野，但工作一天之后，实在不喜远游，有时连下楼都觉得累。

好在所住的楼房楼顶有一个平台，当我对工作、家务、书本与网络都厌倦后，信步上楼，可以在那里徜徉片刻。这楼顶天台便成为我的一处休憩之地。

跟塔莎奶奶的花园相比，这楼顶简直就是一片不毛之地，一眼望去，这片近800平方米的空间，除了地上的水泥方砖，便是四周水泥砌的栏杆，荒凉而原始。

天台上还参差地安放着一些太阳能热水器，栏杆之间或平行或交叉地扯着一些绳子，是用来晾晒衣被的。此外，就是被住户弃置于此的各种杂物，断了一条腿的方桌，坏了后被拆下来的玻璃灯罩，各种瓶瓶罐罐，被弃置的消毒柜……

当然，这里还有多种植物。

枸 树

我家的太阳能热水器的水管间长出一棵小小的枸树，细长的枝条从水管间钻出来，叶片像一只只手掌，手掌上有毛茸茸的细毛。

第一次看到它时，我很是惊喜，不知道这小家伙是什么时候在这里生根发芽的，不知不觉中它居然长这么大了。

其他人家的热水器的水管空格里也有类似的不速之客，有的长着柳树，有的长出像树一样茁壮的草。看来每一粒种子都有自己的路径，也许是借风的力量，也许是随着人的衣物或动物的皮毛，到了这高楼之上。

那枸树长到一米多高时，实在不能任其生长了，热水管的缝隙仅仅一厘米，现在已经差不多到极限了，再长粗就要撑破热水管了。

无奈之下，只能将它折断了。

听着小树折断的声音，真的对这棵小小的枸树满怀歉意，对不起，你长在了不合适的地方，这不是你的错，却是我的无奈。

铁　树

2003年搬到这里时，同事送来一盆铁树以贺乔迁之喜。这铁树先是被放在客厅里，一度成为女儿的最爱。圣诞节的时候她在树上挂满了各种小装饰，将它打扮成一棵圣诞树的样子，这是不是它最华丽的时候？后来，我觉得它太占地方，便将它搬到了楼上。

过了一两年，看它长得茂盛喜人，觉得实在是一景，又吭哧吭哧地将它搬到楼下家中。

每次搬动都是一项大工程，连树带盆有二三十斤重，而且铁树的叶子是扎人的，再小心也会被剐伤。

铁树再次被放到家中不久，有一次，我早上起床，发现地板上有一条移动的变形的细黑绳，再细看，是一群蚂蚁。它们自阳台上的那棵铁树处出发，穿过卧室，来到饭厅，再到厨房去搬运食物，这情景惊得我目瞪口呆。

我这才知道，原来这花盆中盘桓着一窝蚂蚁。在楼上，它们在花盆中便满足、安逸，但是到了我的家中，厨房食物的香味让它们不安、躁动，于是浩荡出场。

我连忙将铁树搬回楼上，铁树从此就长在楼顶天台，长在它自己的盆里。原来它在我们家时，我偶尔还给它们浇水，像对待所有的家养植物一样。自从它上楼后我就再没有给它浇过水，它就靠着雨和风活了下来，而且还长得不错。

因为每一年的春季它都会长出幼嫩可爱的新叶，像一排排绿色的梳子。

现在，我对它所做的事就是，每年的夏末秋初，看到最外围的叶子变黄、变枯，就拿着剪刀去将那圈黄叶剪下，一并将花盆周围的杂草也除去。

差不多每次手臂都被割伤一点点。

不知道是它对我有怨，还是想再次证明，它真的只适合放在楼顶。

剪黄叶时发现，原来一圈叶片相当于一年树龄。细看这剪下的叶柄茬儿，发觉这棵铁树来我家已有十年，此前在苗圃大概有十年，其实它已是一棵有二十年树龄的树了。

据说，世上最老的铁树有几百年树龄，还听说铁树一般过二十年左右就可以开花，而且雄花是柱形，雌花是半圆形，我真的很期待我家的铁树也开花。

这样，我就能知道它到底是雄性还是雌性了。

当然，我更希望有一天，我能拥有一幢有院子的房子，这棵铁树能移植到我的院子里，我不会在意蚂蚁在院子里出没，只要它们不登堂入室即可。我想那时候，家里的狗狗一定很喜欢趴在它的树荫里乘凉。

看着这棵铁树，想起我为它做的事那么少，而它每每让我看到就喜悦，我突然明白，为什么很多人希望自己下辈子做一棵树。

树是那么的无欲无求，一点儿天风天雨就可以生存下来，而且枝繁叶茂，开花结果。看似柔弱，实则坚强。

捡来的芦荟

有一天，趁着雨后的清凉，我在楼顶溜达，看到一盆被人打翻了的芦荟，它之前就被放在这里，一年多了，主人似乎已经忘了它的存在。现在，因为被打翻，装它的瓦盆破了，所以根系都露在外面。

我想，要不我就把它捡回家吧。

在它不远处，有另外一个花盆，里面原来种的植物已经枯败，现在泥土湿润，便于移栽，我便将芦荟装到这个盆里，然后拿回家。

没想到，它从此成为家中一景。

芦荟是生命力极旺盛的植物，不断地分出一株一株的子株来。一年过去，它便有了几十个新成员，簇拥在那个褐色的花盆中，甚是喜人。

每当家中有了空的花盆，就从这主盆中移一株栽到花盆中，渐渐地家中到处都是芦荟的身影了，而主盆中的芦荟也并没见减少。

有时候有朋友来访，就送她们一盆芦荟，大家都喜上眉梢，捧回家给家里增添一点儿绿意。

闲来无事在阳台上发呆，目光总是被这盆芦荟吸引，想它的前世今生，它原来的主人是谁，可知道它现在在我家的阳台上枝繁叶茂。

原来是被弃的，现在却子孙兴旺，而且花开四处。我想，这芦荟能到我家，既是它的幸运，也是我的幸运。

后来看书，对照图片知道这种芦荟名为"不夜城锦"。没想到它竟然有这样一个名字。细细一看，大概是因为它叶边的白色小突起远远地看上去像是城市夜色中的灯火吧。

不知道我的理解是否牵强。

邻居的菜园

在天台的东侧零零星星地放着大大小小几十个"花盆"，有的是破旧的搪瓷脸盆，有的是废弃的木条箱，有的甚至是人家淘汰的家具中的抽屉。这些器具里面装着土，种着各种菜。

这是邻居的小菜园。

邻居夫妻俩都热爱种菜，尤其是先生，常常看到他在这里打点他的那些盆盆罐罐、花花草草。他也颇费心思，甚至用水果筐垫上塑料纸再盛上土种菜。这倒也是不错的种菜器具。

有一次，我放在楼上种太阳花的一个铁盆被他们拿去种了菜。女儿对太阳花一直情有独钟，那天哭了一场。后来，邻居太太送来几株太阳花，作为道歉的礼物。

其实，有一个这样的邻居挺好的。

他们种的菜长势不错，每次看到都很养眼，然后想，自己也能这样种菜。

他们家种了一盆韭菜，有时，做菜时没有葱花，就上楼揪一把，切碎了放在汤里，既有韭菜的香味，又让菜色添点儿碧绿，很不错。

一度也想移植几株到自己家的花盆里，但都没有成功。大概是土的肥力不够，或者是我用心不够。

去年的秋天，夫妻俩在那里收拾他们种的辣椒，问我爱不爱吃辣椒，要不要拿一些过去。刚好我是不吃辣的，便谢绝了他们的美意。

邻居太太对我说，你可以挖一些小白菜过去种呀。

于是，我便将他们育好的小白菜苗挖了一些种到我的浴缸花盆里。没想到，第一次尝试种菜，竟然让我找到了种菜的感觉。那些小白菜长得极好，我每次下面条时，上楼揪几片叶子下来，洗洗，扔到汤锅里，又好看，又有营养。吃自己亲手种的菜的感觉就是不一样。

我的浴缸菜园

2011年的春天，我对卫生间进行改造，将那个用途不大且占空间的浴缸拆了下来。如果一弃了之实在可惜，于是，将它搬到了楼顶。

我想用它做一个小菜园。这是我蓄谋已久的一件事。

只是，事情没有我想象的那么简单，光是把浴缸装满土就是一个浩大的工程。

到哪里找土呢？去附近的树林里挖吗？感觉那是对树林的掠夺呢。事实是，我曾在邻近的桂子山的树林里亲眼看到一个牌子上写着：禁止在此取土。

好在附近有一个拆迁后的工地，那里的土很多，我想，我可以到那工地上取土。

到了工地，我用铲子一点儿一点儿地往塑料袋里装土，土里的沙子、瓦块很快就将塑料袋捅破了。我想再套上一个袋子，可是刚拎起原来的袋子，泥土就哗啦掉下来，袋子早破了。我完全低估了土的重量。

只好换更厚的购物袋来装土。

再然后，从一楼往七楼天台上搬运也是一个浩大的工程。

跑了好几趟，才将那浴缸浅浅地装了一层土，但我已累得筋疲力尽，心想，就这样吧。

一开始不知道种什么好，没有种子，没有菜苗，就那样一直空着。当邻居太太说，你移一点儿小白菜去种吧。我欣喜不已。从那一刻开始，我才算是当上了真正的小菜农。

从此，也开始了惦记。因为，小白菜是不会像铁树那样有强悍的自我生存能力的。

每天两次浇水，我得拎着水桶从六楼爬到楼顶，这是需要一些力气的。

好在回报很快就有了，小白菜活了，小白菜开始长叶了，小白菜的叶子变得肥厚了。

第一次的收获是将长得肥厚的白菜叶子一片片摘下来，拿回家用水冲洗一下，切一切，炒了一小盘，感觉格外香甜。

自种自收的菜，完全不用担心上面有农药残留。

最重要的是一个小小心愿的达成，我真的就在这楼顶之上有了自己的一方小小菜园，虽然面积不足一平方米。过一段时间，看到它们叶片浓绿茂盛时，就去把最外侧的摘下，每次摘一大把，刚好能炒一盘。能吃到自己亲手种出的菜，对于我，真的是梦想已久的事啊。

在那一刻，我有一点儿塔莎奶奶的感觉了。

黄瓜和番茄

三月，我的那些小白菜开了花结了籽，宣告它们的生命进入下一季。

浴缸菜园一时荒芜下来。

看邻居的菜园，育了很多小苗，我不知道我的菜园应该种点儿什么好。

五一回老家，在老家集镇上遇到卖菜秧的，便买了几株黄瓜、几株番茄，回家种上了。黄瓜种在浴缸里，番茄种在两个花盆里。

它们都活了，也都长势喜人。

只是随着天气越来越炎热，它们需要的水量越来越大。而我又是一个有些懒的人，往往是看着外面烈日当头才想起来今天还没有给菜们浇水。拎了一桶水上楼，看到瓜苗萎缩，番茄的叶子也打着卷儿，赶紧拿水往它们身上浇去。然后在楼顶高温的驱赶下，匆匆下楼。

如此这般潦草以待，这些番茄和黄瓜倒也活了下来，也挣扎着结了果实。

第一个黄瓜有手臂般长，拳头般粗，可以打满分。但是后来结的三个则小了很多，而且形状也不匀称，这其实也是酷热、营养不良所致。

番茄也一样，每一棵番茄树上都结出五六个果实，一开始如小小的豌豆，再后来如算盘珠子大小，到最后，长到鸡蛋大小的时候，就再也长不大了。

营养跟不上，水分跟不上，它们能长到这个程度，已算是鞠躬尽瘁了。

植物是不会偷懒的，它们拼尽自己的全力成长着，开花结果，偷懒的只是人。

这是后来，我从小谢那里得到的启示。

小谢和她的菜园

有一天，我在楼顶给菜浇完水，欣赏完邻居的菜，又信步去了天台的最西侧，看到那里收拾一新。原来废弃的几个大花缸现在都归拢一处，里面装满土，种着辣椒和茄子，长势良好。

我一直在打那几个闲置的大花缸的主意，但是总归不好意思，现在有人将它们悉数用上了。

从此上楼就往那边看看。

那些茄子、辣椒，长得枝繁叶茂，看得出来主人时常对它们修枝打叶，养得如盆景一般。跟邻居相比，这位"菜农"更是把菜当作艺术品在整。这些菜拿去参加盆景大赛说不定都可以得奖。我对这位"菜农"有了兴趣。

有一天，也是在楼顶看自己的黄瓜，为它们的营养不良而叹息，转身看到一个女子蹲在西头的菜地里收拾，过去与她聊天。从夸奖她的这些苗开始，渐渐地聊开了。

她姓谢，我就叫她小谢。

我夸她的菜种得好，问是怎么长得这么好的。

她说，你要给它们施肥啊。她告诉我，她会隔一周给她的菜喂一些豆饼，用铲子将花盆边沿的土松一下，再将豆饼撒一圈儿，然后用土盖上。

"你不要马上浇水，那样会将菜烧死的，你到第二天再给菜浇水。"她说。

原来施肥也有学问，她真的是很细心。

那天临走的时候，小谢送我一小袋豆饼，说是可以撒在我那几株可怜的小番茄边上，让它们长好一点儿。

我将豆饼拎回家，却一直没能按她的吩咐去做。家里的狗狗某天饿极了，将那小袋豆饼拖了出来咬食，撒得家里一地的豆渣，算是对我的懒惰的惩罚。

后来，再上楼时，如果遇到小谢在她的菜地里忙碌，就一定过去和她聊几句。

她的菜已经丰收了，紫色的茄子一个个挂在那里，甚是喜人。辣椒更是丰收了，无数的辣椒挤在枝条上的绿叶间，一手摸过去，碰到的全是大大小小的辣椒。

"你种得真好！"我由衷地感叹，"你比我用心多了，勤快多了。"

"我就喜欢跟这些花花草草相伴。"她说，"我从小看到母亲在楼顶种菜，种出来的菜可以送给好多人吃，我就想等以后自己有条件了也这样种菜。"

像她这样的女人，是我身边真正的塔莎奶奶。

而我，不过是一个叶公。

韭　菜

八月中旬的某个黄昏，我上楼散步，看到我的黄瓜，酷热之下，几个小瓜儿已经气死，虽然还在开花，但我已失去等待它们结果的耐心。

看到小谢在忙碌，踱过去与她聊天，她正在给茄子剪枝，说是想让它们长出秋茄子来。

人家的菜可以长两茬，而我的一茬不满就半路收场，很惭愧。

我想我也得做点儿什么，于是到自己的浴缸菜园那儿，将黄瓜卷藤，准备种点儿竹叶菜或者马齿苋。这是小谢建议的。

我正在忙乎，小谢走过来，说是想看看邻居的菜，我则继续收拾我的浴缸菜地。

过了一会儿，小谢突然过来，一脸惊喜地告诉我："你快来看哦，在楼的外侧排水沟里有好多好多的韭菜。"

我跟着她走过去，在她的指引下趴在栏杆上往下看，果然，碧绿肥厚的一畦韭菜就长在那里，有的抽出了韭菜亭子，顶上有白色的花蕾。

那是我长这么大以来所见过的最肥美的韭菜，最宽的叶片像筷子一般。

小谢趴在排水孔上，努力地够，薅下一把一把的韭菜来，足足有一抱。

见者有份，她要我拿一半走，我只要了一把，炒了两盘鸡蛋。

那韭菜确实十分鲜美。

想来应该是邻居的那盆韭菜所结的籽被雨水冲到排水沟，而这里早沉积着冲到这里的泥土，再加上有充足的水分，于是就长出如此茂密肥美的韭菜来。

一周之后，没事干的我又趴在栏杆上看了看，新的韭菜又长出来了。

这个排水沟真的是韭菜的乐土。

这个夏天的某一天，女儿突然指着前面的那幢楼对我说："妈妈，你看那里的花。"

我以为她指的是人家阳台上的花，看过去却没有任何发现。

她说："不对，是从顶楼往下看，看那道檐子那里。"

她说的，正是这些韭菜所生长的位置——前面一幢楼的楼顶排水沟里，我在那里看到了一片粉红色的花儿，细看之下，是指甲花。

它们和韭菜遵循着同样的生命轨迹，一粒流浪的种子，同时也是有着强大生命力的种子，随风逐雨，在这楼顶天台上找到了适合自己的土壤,从而得以生存,绽芳吐蕊,结子成实,遂成家园。

这片原来坚硬荒凉的水泥地,因为这些可爱的植物而变成了菜地和花园,这不期而遇的芬芳与美丽给予我的,更是一种深深的感动。

太阳花

在这个楼顶,所有的植物中,不能不提太阳花。

最早的太阳花,是楼西侧的一个老太太的花盆里长出来的,我曾向她讨了两株种到自家阳台的花盆里,从此,每年夏天我家的阳台上都有太阳花。

有一年夏天,我在楼顶散步,见到好多太阳花苗从四处的砖缝里钻了出来。如果不是有好事者将它们揪掉,想一想开花时节会是怎样的美丽。

邻居的菜盆里时常会冒出太阳花的苗来,她有时会揪掉,有时就让它们长着。现在她家的阳台上也和我家的阳台上一样,一个夏天都有太阳花的身影。

十年过去了,太阳花从没离开,总在这里。

青 苔

我怎么能忘了青苔,它们也是植物的一种,也是这个楼顶最长久的居民。

可是一开始我还真的是忘记了。因为，它们太微小，太微不足道了。

有一天，我对小谢说要弄到土可真难。我告诉她，当初我是在一个工地上弄的土，而且那土还是黄土，极多石子，没有营养，不适合种花种菜。

她经验老到地对我说："我告诉你，你没事了就拿个小铲，将天台上的那些青苔铲下来，扔到花盆里，就是很好的营养土了。"

果然，楼顶天台上的砖缝里长着很多青苔，我看到的是青苔，而小谢看到的是土，她比我聪明。

只要有一丝浮尘，青苔就会在那里生长出来。生长出来的青苔会拦住更多的浮尘，长出更多的青苔，于是，一个沙漠中的小绿洲就此诞生。

把它们放大了看，就是一片森林。

喜欢青苔的这种绿，这个夏末，我拥有了一件苔绿色的连衣裙，这让我很喜悦。

我更喜欢的，是青苔的那种精神，一丝浮土便可寄生，何其微小，又何其坚韧。

后　记

这就是我的楼顶天台，除以上种种植物之外，还有一些叫不出名字的植物，它们成长于此，丰富这里，美化这里，让一个孤独的散步者目之所及便有感动。

我知道，我不是塔莎奶奶，不仅仅因为我没有花园、苗圃、柯基犬以及果树，还因为我不够勤劳、不够用心。

我只是一个喜欢在楼顶散步的人，我喜欢这里，这里远离尘嚣，却仍然有草木、昆虫、花果。

这些草木生长的姿势，尤其让我感动。

感谢它们，它们才是楼顶的塔莎奶奶。

小恶鸡婆

周日的下午,从游泳馆出来,路过那片荒地,远远地看到那片水蓼,决定去荒地上走走,看看水蓼,晒晒太阳。

我在草地上慢慢地踱步,用手机拍那些水蓼。

这细小如米粒的粉色小花,真的让我感动,它们尽自己的能力开放,释放生命的本能。

走到了荒地的中心,看到草丛中扎堆似的冒出一窝一窝的草,绿绿的,叶缘带刺,我的直觉告诉我它应该是一种野菜。

我在叶子背面看到有蜗牛,有被虫子咬过的洞,那么,它是可以食用的。

它的刺又那么多,越是自我保护的草,越是能吃。

我一下兴奋起来,想起我的车上放有水果刀,赶紧去找,找到一把折叠式的多功能刀。我用小刀去割这草的茎,把茎切断,清理一下上面的泥土和草茎,装到纸袋里。不一会儿就割了一小袋。

一个老头儿冲我说:"美女,你挖的是什么野菜?"

我把纸袋给他看。

他说:"这个不能吃吧。"

我笑着说:"我给兔子吃的。"

兔子并不存在,但是,却是一个方便的回答。

还是不太确定这个菜是否真的能吃。虽然我相信自己的直觉,但也不能冒中毒的危险,我可不是神农氏。

好在有百度。我用"冬天 野菜"作为搜索词,很快,在手机上百度到了这种野菜。它叫刺儿菜,学名小蓟草,是一种优质野菜,多年生草本,别称小蓟、青青草、蓟蓟草、刺狗牙、刺蓟、枪刀菜、小恶鸡婆。

看到这些名字,我笑了。

如此浑身长刺、戒备森严、杀气腾腾的菜,可以叫它刺狗牙,也可以叫它枪刀菜。

突然想起来,枪刀菜这个名字小时候似乎听大人说过,但从来没有与它对上号,枪刀菜,多么铿锵的菜名啊。

至于小恶鸡婆,简直令人笑喷,没想到它居然是一种植物的名字。

小时候,如果哪个女孩子平时特别凶,一定免不了被人送上一个"小恶鸡婆"的外号。

我一直以为小恶鸡婆也就是用来骂人的一句话,没想到居然是一种植物的名称。这太出乎意料了，民间语言太丰富太有趣了。

再一想，这植物的叶子确实有几分像鸡毛，是边缘有刺的鸡毛，只有恶鸡才会长这样的鸡毛吧。所谓恶形恶状，头角峥嵘，都是自我保护，在植物身上，就是多刺。

因此，它被冠以"恶鸡婆"之名。

但前面再加一个"小"字，却又透出那么一点儿可爱来。

其实，它是一种菊科植物，花期是5月到9月，性凉，味甘苦，可以凉血止血，去火，祛瘀消肿。另外，它富含胡萝卜素、维生素B2、维生素C。

那么，它是一定可以吃的了。

我是这样吃它的——把它们洗净之后，用开水焯过，再清炒，多放一些大蒜，少放一点儿盐，味道还不错。

至少，它是那么与众不同，是的，不要忘了它上面的那些毛毛刺。纵然被沸水焯过，但一点儿也未减锋芒，吃在嘴里如同有小刷子在舌头上刷，很神奇。

这就是小恶鸡婆，带刺的，倔强的，快意恩仇的，有性格的，小恶鸡婆。

我是一边吃一边笑的。

这种感觉，仿佛回到童年。

我想到了当年那些一起长大的小伙伴，曾经我与之吵架斗嘴或者我看她们互相吵架斗嘴的小女孩儿们，她们现在都如随风远扬的蒲公英,各自在天涯,扎根,开枝散叶。她们都当了母亲,发福长胖,有了皱纹和白发,就算当年的假小子,现在也说话温婉亲和,修炼出慈眉善目。而当年,我们一起在田野上奔走,在地里拾麦穗,在人家挖过的胡萝卜地里翻找余下的,绞猪草,打野菜。我们赤着脚,在田野里吹风,喝沟渠里的水,雨天不打伞,行走如风,如一株株野生植物。

而现在,当我在吃一盘叫作刺儿菜,也叫小蓟草,同时也叫青青草、刺狗牙、刺蓟、枪刀菜、小恶鸡婆的菜时,我想起她们,以及她们各自的名字,不同的人生。

突然发现,其实,每个人都在用自己的方式命名同一种植物,命名各自的童年,命名自己的记忆。

小恶鸡婆,不过是其中有性格的、有故事的一个。

又见婆婆丁

这个周末的读书会活动是在华中农业大学的食品科学技术学院的众创空间学习烘焙。

女儿小的时候,为了陪她,我一度有过烘焙的热情,蛋糕、饼干都在家里做过,但热情过后,烤箱等工具便都一起沉睡在家中一隅,落满了灰。

犹豫了一下,我还是来了。

因为读书会里有一群有趣好玩的闺蜜,一周不见怪想她们的。何况上次我在公众号里写了小恶鸡婆菜之后曾经答应带她们去挖野菜的,而华农的湖边一定野菜多多。

在烘焙课上,帅气的小老师很专业地给我们讲解制作步骤,各种原料的特性,比如高筋面粉与低筋面粉的区别,玉米粉的作用;教我们一些小技巧,比如要除蛋糕里的蛋腥味,就加两滴醋或柠檬汁,用酸中和碱等等,很长知识。

蛋糕先出炉,随后第一炉饼干也出炉了,都很好吃。

活动结束，我们一行人往南湖边走。

这一路走来，我只看到婆婆丁，没看到小恶鸡婆的身影。可能这里的环境更适合婆婆丁的生长吧。

婆婆丁其实就是蒲公英，也是一种极好的野菜。它是贴着地皮长的，叶片平铺伸展，我用小刀从根部斜着划进去，齐齐地切下来，再挑一挑，一朵花一样的婆婆丁就挑出来了。

它的叶上也有刺，但是跟小恶鸡婆的刺比，可以忽略不计。

这片草地上的婆婆丁真多，而且是成群结队地长，我们挑了一些长得大的，小的留着继续长。

因为是在湖边，近水，土地肥沃，得天独厚的环境下，婆婆丁多且大，我们挑下的最大的一棵直径有二十厘米，拿在手里，有一顶草帽那么大。

我带去的袋子装满了，于是，每人分了一些带回家。

她们直接回了家，我去了游泳馆，等我游完泳出来，看到朋友们已经把做好的凉拌婆婆丁拍了照片发到群里。

阳光问吃上瘾了怎么办？我说那就再去挖吧，野地、路边取之不尽。阳光连连赞同，说这样既可以亲近自然，又养身心。

确实如此。

到了我的饭点，我把带回家的婆婆丁洗了一半，焯过，凉拌，也拍照发到群里。婆婆丁是这一餐的主角。当眼前的一盘青菜被吃得精光，只剩下几粒蒜籽在盘子里的时候，真的很有满足感。

婆婆丁自带野气，微微的辛辣感，微微粗糙的口感，让它和从菜市场买回来的菜有着不一样的气质。

我很喜欢。

感谢大自然的丰饶，也感谢身边这一群活色生香的女人。

这世间最美好的东西其实都是免费的，比如阳光、空气与水，比如脸上的笑容，温暖的话语，不吝分享的生活态度。

比如婆婆丁。

一扇石磨

过年回老家时，看到那扇石磨还在我家门口的树林边静静地躺着。

它在这里躺了很久了，我一直想把它搬到武汉的家里，当一个茶台。可是它太重了，我实在搬不动，心里又记挂，担心有人把它拿走了。这次回来看它还在老地方，我很放心。不过，母亲告诉我，就在前几天，有人路过时看到，说这是个好东西，问能不能给他。母亲拒绝了。

既有其一，必有其二，所以，不管怎么样，这次我要带它回武汉。

可真的带回了，把它放在哪里？如何搬去？还真的是问题。

它不过是一块石头，但又不是普通的石头。

它形成于哪一个地质年代，已无从考证。何以到了石匠的手中，被打制成这个样子，也无从得知。总之，从我记事起，它就在我们家了。

我是推过磨的，那可真的是一个力气活，所以通常是父母推，我拿着勺守在磨边，往磨眼里喂料。有时是干磨，将炒熟的米磨成仙米粉子，当干粮，用开水调和就可以当饭吃。将洗净晒干的米磨成粉子，做粉蒸肉，做酢辣椒。到了年底，多是湿磨，将泡发过的黄豆，磨成豆浆，然后熬豆汁，打豆腐。泡好的糯米，磨出细细的米浆来，用细纱滤过包好再放在稻草灰中，以吸出更多的水分，就做成汤圆粉，或者再把它捏成长条，蒸熟，切片晾干，就成了玉兰片。还可以将发好的麦芽与泡好的米以一定的比例磨成浆，在大锅里熬麦芽糖。

投喂下的食料在两片磨盘的碾轧下粉碎、化浆，纯粹的麦香、米香和豆香，氤氲开来，那是谷物灵魂的香味。

经由石磨的碾磨，食材粉碎，再经过提炼，成就出一道道美食。

在石磨前磨浆，是一场细民盛宴的前奏。

那时节，家家户户在过年时都会自己打豆腐、熬糖，那时候的人似乎更有闲情逸致来过生活。大家都能下功夫做，每一家做的东西都不一样。

用同样的米，有的人家的糖熬得极白，有的则成了咖啡色，被戏称为黑麻糖。用同样的豆子，有的人家打出来的豆腐多，有的人家则出不了那么多。这中间的窍门，只有行家里手才最清楚。谁家的大人能干，手巧，配合默契，最后都会在他们所做出来的食物中得到体现。

小孩子们在这个过程中只是打下手。我最盼望的，就是在熬麻糖时，等锅里的糖浆越熬越干，可以用筷子绞起来吃的时刻。那甜甜的糖浆入口即化，从舌尖一直甜到心里。

现在的孩童没有这样的口福了，他们有糖果，有饼干，有各种花花绿绿的小零食，但是，他们品尝不到第一口糖浆的甜，也看不到从黄豆到豆腐的变身。他们缺少了对食物制作过程的观摩与体验，而这种观摩与体验在我看来是非常重要的有关生活的功课。

现在，一切都是现成的，一切都是买来的。

在镇上走一圈，人家早已把京果、麻叶子、翻饺子、麻花，各式各样的点心做好，一袋一袋地装着摆在那里售卖。花点儿钱可以买一大堆，而且品种齐全，味道也不错。

可以肯定的是，这些食物今后还会存在，但是以后的农村人再也不会自己做了。我们父辈几乎人人拥有的手艺从他们的子女，我的同龄人这一代开始失传，动手打豆腐，熬麻糖，做玉兰片，这样的情景只能在纪录片中再现了。

引水流浆的源头，曾经终日转个不停的石磨，闲置，被弃。磨架早就当了柴火，唯有磨盘，弃在路边，一任风吹雨打，一任行人踩踏。

跟它一样逐渐消失的还有织布机。小时候我亲眼看到母亲用纺车纺线，用织布机织布。我也曾把玩过那把磨得锃亮的梭子，它们现在无迹可寻。

它们的命运，令人感叹。

曾经，它们是重要的生活器具，是先人的巧思与发明，经由它们，五谷杂粮变为美味佳肴，棉花变成我们的身上衣、床上被，我们得以温饱，得以体面。现在，它们则如秋后之绢扇。

当然，会有人惦记它们的，比如我。

我为了我的这份怀旧之情带这扇石磨到武汉，我会给它找到一个合适的位置。

虽然它不过是一块石头，但它不是一块普通的石头。

一块菜地

  早八点半出门，远远地，看到路边的那块狭长三角形菜地边上停着一辆自行车，车架上倚着一根扁担，一位老者在前面几步远的地方给菜地里的菜薹浇水。

  这块菜地是他开出来的，他是这块菜地的主人。

  这块菜地位置偏僻，东边是一条通往一个小操场的路，西边是一幢五六十年代的老楼房。路与围墙及停车场之间形成一个30度锐角三角形，面积有十多平方米，现在，种上了菜薹苗。

  听他跟路边的一个妇人说："种花种菜土不能太肥，就像人虚不受补，土也一样。在我这里种得好好的花花草草，被我女儿拿到她家里，养不久就养死了。后来我发现，她就是施肥太狠了，一盆土放这么多复合肥。"

  这块地确实比较瘦，但也不妨植物的生长。夏天这里种的红薯与黄豆，现在，菜薹已长到十几厘米，紫色的叶片舒展着，煞是喜人。

我也想有一小块菜地,所以只要看到别人在种菜,就羡慕不已。

我跟他打招呼,问:"您这是从家里挑来的水吗?"

他说:"不是的,是从附近的沟里舀的水。"

从前面的台阶下去,就是一个操场,操场的边上,有排水沟,从那里取水倒是方便。

"这菜长得真好。"我夸他的菜,然后说,"您能够有这样一块菜地真不错。"

"这是我自己开出来的,捡了一车的渣石运走了,拖了一车的土来,一点点整理成这样的。"

正是在这个辛苦收拾的过程中,他对这块地倾注了感情,对它有规划,有憧憬。在这块地上,他劳作,流汗,耕耘,播种。先广种薄收,再总结经验教训。沤肥,改良土壤,换种,最终,它成了一块熟地。

唯有如此,他才有资格成为这块地的主人。

在寸土寸金的城市里,他拥有了一片属于自己的菜地,当然,只是临时使用权。

"还不知道能种多久,中间被学校保卫处制止过两三次。"他感叹道。

"这里种点儿菜挺好的,至少比荒着好啊。"我说。

"不让我种我就不种,但是如果我看到别人种了,我就跟着种。"老人笑着说。

他所说的别人,是通往华师的小路边上那些住在一楼的人家。他们在自己家门口所开辟的菜地,也是我每天都能看到的风景。

刚才和他聊如何施肥、如何杀虫的妇人就住在那边,她也有一块自己的菜地。

"我也是住得近,就在这一幢楼上。"他指一指他身后的楼。

我笑了,告诉他:"我以前也在这幢楼里住过。"

是的,十几年前,我就住在这一幢楼的四楼,那时,这块地并没有人垂青于它,这里只有乱石野草。

直到有一天,这位老人把目光投向这里,动心起念,然后付诸行动,最终用双手开辟出来一块自己的菜地。

在这个城市里,有很多很多像我这样,梦想着有一块属于自己的地但不可得,也并没有付出心力去实现的人。

但是,也有像老人这样的行动派,他们想有一块自己的菜地,就去寻找,去开垦,最终能够拥有自己的一小块地。

借此,他们得以实现自己的田园梦想,小小的,也是美好的。

真好。

我好土

好友讲她的同事,一对中年夫妇,在城市的楼房之间寻找空地,开垦为菜地,被收走,再寻找,再开垦,乐此不疲。

我们都在拥挤的城市空间,在钢筋水泥的丛林中,为自己寻找一方寸土,如此,可以寄托一点儿农耕梦想,可以亲近泥土与大地,可以见证种豆得豆、种瓜得瓜,可以在花开花落之中亲历四季。

我就继续写写相关的故事。

比如,土。

我正在看一本有趣的书,蔡珠儿的《种地书》。她把自己开荒种菜的经历写得津津有味,我也看得津津有味。

其中有一篇讲到她的那块菜地起初十分贫瘠,因为它原本是堆放建筑废料的堆填地,无法涵养水土,甚至都引不来蚯蚓,是一块死土,自然也长不出好菜。

为了改良,营造一方好土,她试了无数种施肥法,最后改用原始的"掩埋施肥法",即把厨余物直接埋在地底,再辅以落叶草木灰。如此,菜地渐渐地肥了。一块死土变成了能呼吸、有活力的活土。

在文中,她写道:"土壤是神奇之事,一厘米深的土壤,地球要花三百年形成。而能种植的'有效土壤',则需要三十厘米以上,那就是九千年!"

所以,一畦好土多么珍贵。

想起了好友杨老师讲的一个故事,她父亲的朋友——一位年过七旬的老人,特别喜欢养花弄草,养得最好的是多肉。老先生的院子里,种满了各种各样的多肉,长到一定的时候,他就给它们分盆,然后拿到街边上去卖。

老人有足够的退休金,他并不是为了挣钱而如此不辞辛劳,他是要用挣来的钱去买土。

种花的人,常常苦恼于没有好土。他这样,让一切流动起来,把好看的多肉送到喜欢它的人手上,再用卖多肉的钱去买回更多的土,接着养出更多的多肉。

如此坚持多年,老先生培养出无数佳品,拍了很多照片,听说都可以用那些照片出一本书了。

我的阳台上有一盆吊兰,我自封它为吊兰中的极品,可以在吊兰界"母仪天下"。

迄今为止,它分出了无数的子株,我送给了我的亲朋好友，家中还有数盆待送。而它不见疲劳，仍然是新枝累累，等着我去栽种。

我也就是隔个十天半月给它浇浇水，从来不施肥，最多也就是浇点儿淘米水。它之所以能长得如此茂盛，与它拥有的土量有极大的关系。

那个六十厘米高的宝蓝色花瓶式花盆原来是种海芋的。某次海芋烂根，我把它切下来，移植到另一个浅一些的花盆里了。这个花盆在阳台上闲置了一段时间，某次被我看到，正好吊兰长得它原来的花器已盛不下，我就把它移植到这个花盆里。

没想到，从此蔚然壮观起来。

吊兰原本就有旺盛的生命力，碰到这里数倍于原来花盆的泥土，它就一路疯长，从而成为家中一景。

端午节，和女儿逛街，无意间走进一家店，里面养着各种植物。它们灰扑扑的，虽然挂牌"植物实验室"，但我真心觉得这里的花草养得不够好，主要原因就是土太少，浅浅的土怎么养得出有精气神的植物？

所以现在，我放在楼顶的那个浴缸已经不种菜了。它成了我的泥土储存器，要种什么了，就到里面去挖土。

当然，平时的厨余物，比如蛋壳、削下来的土豆皮之类的，如果方便，我就会拿到楼上去，埋到土里，让它们沤一沤，成为肥料。

每次上楼,我都会顺道看看邻居在各种容器里种出的菜,他们下了功夫,菜也长得碧绿茁壮,而我,只是储存了一些土。

但是也一样给我满足感——当我到那里取土时,我觉得自己很奢侈,至少,我拥有这些土啊!

再见，地卷皮

某天上班路上，突然发现女儿原来读书的小学的围墙拆了，原本掩在墙后的一切一览无余，原来平整空旷的操场此时长满了野草。

几年前，这所小学与附近的一所小学合并，搬了过去，这里就一直闲置。现在围墙拆了，大概是将有所变化。

果然，就看到教学楼已粉刷一新，入口处挂着牌子：某某研究中心。

看到已经变成草地的操场上有两三个人低头在那里捡着什么。

捡什么呢？

刚刚下过两天雨，正值初夏，我脑袋里灵光一闪，难道她们在捡地卷皮？

初夏，草地，雨后，有此三元素，几乎可以肯定她们是在捡地卷皮了。

我很想停下车，然后过去看看是不是真的。但要上班，就只好匆匆离去了。

晚上给女儿打电话，告诉她，她原来就读的小学现在的变化，并告诉她："我看到有人蹲在操场那里捡东西，我猜她们是在捡地卷皮。"

"地卷皮是什么？"女儿问我。

城里长大的孩子当然不知道地卷皮是什么东西。我告诉她，是野生的，像黑木耳，不过是迷你版的，长在草地上，一般只有下雨天才会长出来。

"用来炒鸡蛋很香的。"我说。

作为一个吃货，对能吃的东西记忆尤其深。

还是小女孩儿的时候，我们村头有一处河滩。夏天的雨后，河滩的草地上会冒出很多地卷皮来，我们就去捡，然后拿回家。妈妈用辣椒、鸡蛋炒，端上来，红黄黑三色，味道咸辣鲜，真的是下饭的好菜。

"好神奇，"女儿说，"好想看到那是什么东西。"

几十年不见，其实我也好想再看到它们。

一个周日，我去买菜，看地面潮湿，昨天夜里下过雨，想必操场上的地卷皮又冒出来了，心中便有期待。

临近小学，果然看到有人在那里低头忙乎。今天我有时间，于是，我停下车，拿了一个袋子，走了过去。

一走进草地，我简直就被眼前的情景震惊了，地上黑黑的一层都是地卷皮。它们长得真好，怎么形容呢？就很像被吸去了果肉后吐出的黑葡萄皮，一咕嘟一咕嘟地贴在地上、草上，轻轻地一揪就出来了。

这比我小时候采过的要丰盛多了。

我赶紧蹲下去捡了起来。

地卷皮无根，但往往粘着草渣，草渣洗起来很麻烦。可是没有它们，这地卷皮也长不了啊，它们就是地卷皮的肥料。

我旁边的一个女人说："看到这些地卷皮，我都不忍心下脚，怕踩着它们呢。"

我笑了，所谓践地怕地痛，何况是多少年难得一遇的地卷皮。我也有同样的感觉，那一簇簇一片片的地卷皮，踩上去真的不忍。

有个年长的阿姨说："我经常来捡，捡了晒干，朋友来家里做客就送他们一点儿，他们都喜欢，说这是买都买不到的好东西。现在只要下雨我就过来捡，反正我有时间。"

有时间才是真正的奢侈啊，我想起自己多次看到了想来捡却不得不驱车离开的情景。

"不知道以后这里是不是也要起楼房呢？"一个妇人问。

这，真的是一个问题。

我看了一眼不远处的教学楼，再看看四周，看看被一幢幢冒出的高楼不断突破的城市天际线。此时，这个小小的操场，大概是唯一的净土了，真的要感恩这一份尚存的美好。

"不知道啊。"我说。但真的希望这片操场以后还在，地卷皮还能在每年的夏天雨后冒出来。

当然，我也知道，在这个时代，其实越是平常的愿望，越近乎奢望。

那天回家后，我用鸡蛋炒了一盘地卷皮，很好吃，久违的童年味道。但仍然觉得还是母亲亲手炒的地卷皮更好吃，和弟弟们抢菜吃时那菜的味道更香浓。

附言：

三年后的今天，那片操场上建起了一幢两层楼高的实验室，有青灰色的墙、大大的玻璃窗，冷、硬、酷，且神秘。

巍然之下覆盖了此前岁月中，这片操场上无数孩子的童年足迹，嬉闹、追逐，甚至扭打，他们的欢笑，或者汗水，或者眼泪。

当然，也覆盖了那些地卷皮。

每每经过，就想起那个周日上午，想起那个蹲在草丛中享受原始的采摘之乐的自己。

此生，何时，有缘再见地卷皮？

叁 陪在你身旁

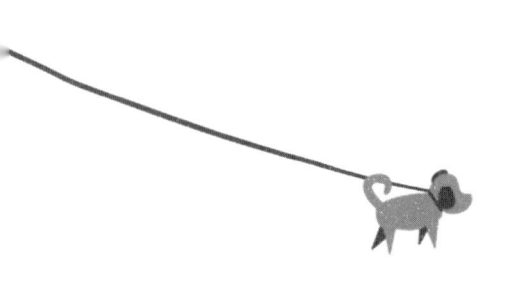

你养宠物吗？

"你养宠物吗？"

我对面的那个刚刚过来准备冲澡的小女孩儿问她斜对面淋浴间的小伙伴。

"我不养，我妈妈不让我养。"

"我有一只小兔子了。"对面的小女孩儿说。她很小，估计刚上小学，一副可爱的小模样。

"是捡来的。"她很急于告诉小伙伴那只兔子的故事。

"在哪里捡的？"小伙伴果然有兴趣。

"就在路上，我和妈妈走在路上，看到路边有一只兔子在那里东张西望，附近有一个笼子，笼子是打开的，我和我妈妈就把它带回家了。"

"会不会是人家放在那里的？回头会来找的。"

"不会，周围都没有人，妈妈说肯定是人家不想养了，就放在这里了。"

我就想起很多很多年前，我和女儿养兔子的情景。

也是这样的季节，女儿也是这样的年龄，吵着要一只兔子，拗不过，于是买了一只。

我们把它养得很好，它特别能吃，各种菜叶、野草，它都来者不拒。干面条也吃，有一次，女儿拿着一根长长的面条喂它，它就一直一直往上啃，最后，把女儿的手咬破流血了。我赶紧带女儿去打狂犬疫苗。

其实不能怪那只兔子，它是只知道吃的，它无法分辨面条和手指的区别。

但是，我在心里就生出了厌烦。最后实在受不了它制造粪便的速度，那是一种令人崩溃的速度，刚刚扫干净的地，转身就撒满了黑豆般的便便。

犹豫再三，征得女儿同意，决定弃养。我们当初给它起的名字叫"国王"，结果它成了一位被放逐的国王。

我把它带到那一片长满它最爱吃的兔子草的草地上，把它放在那里。那个洁白、毛茸茸的小东西在那里东张西望，先是不知所措，最后就钻到了草丛里，长长的草淹没了它。

我离开时，有一些仓皇，有一些负罪感，因为，是我放弃了它。

它最终的命运，我也不知道。

现在，听这个小女孩儿讲她的兔子，想起那只叫"国王"的兔子，似乎是故事的前半段衔接上了故事的后半段。我希望"国王"最后是被这样的一对母女收留。

"我们把兔子放在楼顶，它在那里拉了好多屎，一不小心脚上就踩到兔子屎了。"小女孩儿咯咯地笑。

"啊——"她的小伙伴表示这样很恶心。

"它还咬了我妈妈一口,我妈妈还去打了针。"

这……故事的前半段在后半段里重复上演。我在想,她的妈妈会不会就此把那只兔子扔了,像我当年那样。

"那你们还养它啊?"她的小伙伴问。

"嗯。我们会养的。而且我妈妈说这是一只女兔子,将来要是遇到一只男兔子,还可以生兔宝宝。到时候我送你一只。"小女孩儿很大方地许诺。

"好啊,那你就游泳的时候带来吧。"

原来她俩只是在游泳的时候认识的小伙伴。

"其实我是想养一只狗狗的。"小女孩儿说,"我妈妈说,先养一只兔子,看我能不能照顾好兔子,考验一下我,再决定要不要让我养狗狗。"

我揣摩那位妈妈的心思,也许她并不希望孩子养狗,那就满足孩子一个容易实现的心愿。同时,观察孩子在养宠物的过程中,是否有爱,是否懂得照顾宠物。毕竟,养宠物是需要付出的。

当然,也会有收获,那是一种经历,一种体验。

比如,我想起"国王"时的自责与愧疚。

比如,这个小女孩儿此时和小伙伴聊起她的小兔子时,如此愉快,甚至有一些自得,以至忘我——在限定15分钟的淋浴时间里,她主要就是在讲她的兔子。

因为,她有一只兔子。

并不是每一个小女孩儿在她小的时候都可以养一只兔子的。

蝉　鸣

昨天晚上，游泳后回家的路上，听到了这个夏天的第一声蝉鸣。

今天早晨，又听到了蝉鸣。声音短促，但是清晰，听得真真切切。对于我，夏天的开始，不是荷花开，不是蚊子来，而是蝉鸣。

虽然并不喜欢蝉的叫声，但是每每听到，心中便会一动。

——夏天真的到了！

儿时在老家，听过那种最密集的蝉鸣，声嘶力竭的、近乎疯狂的蝉鸣，把夏日的燥热激发得近乎沸腾。

知矣，知矣。

在我的老家，我们叫蝉为知矣子。

上学后，更多的人叫这种小昆虫为知了，我也开始叫它知了。但是，心里觉得它应该叫知鸟。

同样有翅，同样栖在树上，同样可以飞来飞去，可不是像鸟？

  曾经在树林里捡拾、收集那像是透明琥珀微雕一样的蝉蜕。它们是一味中药，我们收集之后拿到镇上收购店，可以换到一点儿零花钱。

  能捉到一只蝉，于我们那些淘气的孩童而言，则是夏天里有趣的游戏。

  上小学时，学了法布尔的《蝉》，那是一篇关于蝉的最好的文字，它带给我一份对于生命的敬畏与感动。很多段落都会背，现在，多数句子已忘，但是那一句"四年黑暗中的苦工，一个月阳光下的享乐，这就是蝉的生活"到现在一字一句都清楚记得。

  自此，对这种小昆虫心怀怜惜。

  再也不曾捉过蝉。

  对蝉鸣之声，虽不喜欢，但也不讨厌。

  因知其生之难，其声之短。

  不知道现在的小学课本里，这篇文章还在否。

猫

去襄樊牛肉面馆过早,他家的热干面虽然芝麻酱的味淡一点儿,但是会放一点儿牛骨汤,面条更好拌,味道也丰富一些。

偶尔来吃吃也不错。

又看到了他家的那只虎斑猫,正在桌子底下呼呼大睡。

老板娘说:"这会儿是它最安静最享受的时候,一晚上都在玩。刚开始的时候,跑出去,我还会去找,找到了它不想回,还要我抱回来。后来,我就不去找了,让它在外面玩得脏死累死,我们一早开门,它就在门口等着,想要进来了。

"中间有一次消失了一个星期,有人说它被别人捉走了。没想到它还是跑回来了。从那以后,晚上只要看到我们要关门,它就赶紧进来,偶尔被关在外面了,也一早就守在门口了。"

看来它是一只已经养家了的小猫。

想起一个月前到这里来过早,它还好小,元气充沛,活泼好动。它不停地抓我的裙裾玩,抓别人的鞋带玩,挠着凳子脚也可以玩半天。现在它长大了,如此安静地卧着,倒有些不像它了。

邻桌的人问老板娘:"怎么不养一只黄猫?"

这话问的,萝卜白菜各有所爱嘛。

果然,老板娘说:"我喜欢黑猫。我以前养的一只黑猫可漂亮了,全身纯黑,脑袋大,四个爪子都是白色的。"

"脑袋大的是公猫。"那个人说,好像很懂猫的样子。

"不是的,是品种的原因。"老板娘自信地说。

不知道该相信谁,反正我没养过猫。

其实是有很多机会可以养猫的。

小区里常常有突然出现的小猫,如果捉一只回家,它就由流浪猫变成家猫了。

而且小猫时常守在路边、车上,好像等候别人带它回家的样子。

曾经在小区门口出现过一只黑眼眶的猫,拍了照片给女儿看,她怂恿我带它回家,说可以叫它佐罗。它在小区出现过几次,最后,据说是被一个大学生给抱走了,但愿他善待佐罗,让它衣食无忧,长成猫中侠者。

前两年,有一只虎斑猫,总是在小区门口出现,门房大爷常常给它喂食,它后来长得毛色油亮,虎虎生威。我曾看到它守在下水道边捉老鼠,也听门房大爷讲,它还捉过树上的鸟,这很好地解释了为什么偶尔会在小区路边的草地上出现一些细小的鸟的羽毛,原来鸟是它的猎物。

后来没再见到它,不知去了哪里。

夜里,九点多,我去小区门口拿了快递后回家。在楼下看到两个女孩儿在那里叽叽喳喳,我走过去,她们指给我看一只树上的猫。

那是一棵红叶李树,两米高处分枝较多,一只黑白相间的小花猫蜷在那里,紧张地看着我们。它的眼睛像绿宝石,在夜色中发亮。

两个女孩儿想去把猫从树上捉下来,但够不着,便求我帮忙。

好吧,我放下手上的东西,走过去抱那只猫。没想到猫根本不想下来,它的爪子抓树抓得好紧,拉都拉不动。

只好放弃。

"有没有什么吃的可以引诱它下来?"我问两个女孩儿。

"我只有柠檬片。"

这肯定不行。

另一个女孩儿说:"我跟它好有缘分,我都碰到过它两次了。"

她拿出手机来，给我看她上次给猫拍的照片。

她说："那次我们在小区那边碰到它，我的一个同学就把它抱回家了。可是她的爸爸妈妈不让她养猫，就把它放了。今天，又看到它了。"

"这猫怕人，很紧张。你们离开一点儿，猫会自己下来的。"我跟她们说。

果然，她们走开后，猫嗖地下了树，溜到了前面停着的汽车底下。

两个女孩儿走过去，寻找它。

能和这样一只野生的、不羁的、有灵性的小家伙玩一会儿，于她们而言，也算是生活中一个小小的惊喜。

刚才那只猫，真的是一只漂亮的小猫啊！

愿它或者自由地野生野长，或者遇到一个好主人，被善待，被驯养，却又不减天真。

命运之一种

下了一场十年一遇的大雪,带来各种美景之外,其实也考验着好多野外的小生灵。无家可归的它们,只能靠运气,或者陌生人的善意生存。

杨老师在微信上告诉我,她昨天晚上十一点和儿子一起救助了一只可爱的小野猫。当时,那只小猫在她家的楼下冻得喵喵地叫。她和儿子寻声找过去,看到了躲在管道里面的小家伙。他们唤它,它不肯出来。如果走过去,它就往更深处躲,不让他们靠近。无奈,他们就回家,找出一个牛奶盒子,剪去一边,在里面铺上毛巾,做了一个窝。还热了一大碗饭和鱼放在盒子里,然后拿下楼,放到管道边上,希望小猫闻到食物的香味后能够放下戒心爬出来,吃点儿东西,然后在窝里睡觉,度过这寒冷的冬夜。

听她讲此故事,我第一时间想起昨天遇到的那只小狗。

昨天下午三点多,我们一行人驱车离开天门县城返回武汉。在城东的十字路口等红灯时,坐前排副驾驶座上的婶婶突然说:"看,那边的那只狗好可怜,身上的毛都打湿了,肯定是只流浪狗。"

开车的叔叔也看到了,连声说:"唉,造业(方言,"造孽")。"

"要不要把它抱走?"婶婶说。

叔叔就摇下车窗,对它喊:"过来,过来。"

那只狗听到了呼唤,就往这边走来。

这有可能是一只被人养过的狗,听得懂我们的话。

它离我们的车只有两步远了,这时,一辆车碾着积雪慢慢地从后面开过来,它只能避开。等那辆车开过去,我们再唤它,它就在那里看着我们,想过来又不敢的样子。叔叔想下车去抱它过来,但这时绿灯亮了,我们的车又正好停在十字路口直行路上,我们不得不走。

婶婶说:"哎呀,真是没缘。那只狗要是过来得快一点儿,这会儿就在车上跟我们回武汉了。到家了给洗一洗,毛吹干,肯定是一只蛮好的小狗。"

我也觉得可惜。是啊,要是这样它就有家了。叔叔婶婶都是很有爱心的人,他们以前曾经收留过流浪狗。

但是,车已经在往前走了,因为对雪后路况的担心,我们要赶在路结冰之前回到武汉,也不可能再开回去找它。

但我看得真真切切,那只小狗的眼神中流露出渴望。

慢慢的,也很好 | 107

它完全听得懂我们的话,它是很想过来的。

如果不是后面那辆突然过来的车,它也许就上车了;如果不是在红绿灯路口而是在路边,叔叔也许就下车去抱它上车了;如果不是我们要赶路,也许会掉头回去找它……

总之,命运是随机的、无奈的、不可逆的,也是微妙的。

不可说,不可说,一说就是错。

错失,是命运之一种。

唯愿它能遇到别的好心人,下次,运气好一点儿。

相　伴

昨天六点多到家,天已经黑了,好在小区门口的路边还有一个车位,唯一的一个车位。

那只叫欢欢的老狗在我的前面四五米处一跛一跛地走着。它的主人在前面,回头唤它:"欢欢,欢欢。"提醒它避开车,快点儿走。也是提醒我,这里有一只狗。

我当然知道。

欢欢真的太老了,又患有风湿,一只又老又残的狗,能在路上走多快?

它能出来走走已经算是不错了。

它回头看见我的车,也知道往路边走,它一定也知道着急,但是它走不快了。

它避到一边,我慢慢地把车开过去,但随后我要后退、靠边停车。此时,它的主人正站在我要停车的车位上,我索性将车刹住,停下,等他走过去让出车位,再等那只狗走过去。

老人一边走,一边回头喊:"欢欢,欢欢。"

我先是在后视镜里看到了欢欢蹒跚的身影,消失,再过了好久,它出现在车前。它终于走过去了,跟在老人身后。我这才踩了油门,倒车,停到那个难得的车位上。

等我下了车,欢欢和它的主人刚刚走出二三十米,正在转弯。路灯下,是两个同样苍老的身体,以及灵魂。

有些唏嘘。

在这个小区住了近二十年,眼看着一拨拨的孩子出生,粉团团的小脸逐渐长开,个子长高。楼上那家的孩子戴上了眼镜,同时变得稳重,走路时也似乎在思考问题,然后就不常见了,听他的父母说他已去外地读书求学。

也看到很多人于不知不觉中添了皱纹与白发,腰身渐渐佝偻,步履日渐蹒跚,从中年步入老年。

偶尔,得到一些消息,有人因病离世,有人因意外离世。

同样的,是这小区里的狗狗们。

宝宝、曹小姐、丫丫、朵莱、娜可……都是小区里的狗狗,它们都不在了。

宝莉、亚弟、球球、乐乐、嘟屁……也是狗狗,它们还在,但是,它们也正在老去。

它们和人一样,出生、成长、衰老、消失,而且速度比人更快——狗的一年,相当于人的七年,所以在我们家,嘟屁是七十多岁的老人了,比我老。

眼前的欢欢,是捡来的流浪狗。它的主人擅养花种草,在他家楼下的一个角落砌了一个花园,欢欢和另外一只咖啡色的京巴一起住在那里。

一只已经活了十三四年的狗,已算长寿。此时的它,是真正的风烛残年,但它仍然能和主人一起出门,遛遛,嗅一嗅这十月的夜风中桂花的气息,已经算是幸福。

而它的主人,一位孤独的老人,散步时有一个老伙计相伴,又何尝不是一种幸福。

我们永远无法预测，
会在什么时候遇到一只黄鼠狼

晚上，我去珞狮南路买心仪的一款四件套床品，没承想店家撤摊了，我空手而归。

回家要穿过校园，经过图书馆门前的那条路时，远远地看到一只黄鼠狼从马路南侧蹿出来，身姿优美地跑过马路，消失在路北的灌木丛中。

啊，黄鼠狼！心里发出惊喜的尖叫，然后驻足等待，看它还会不会出现。

过了一会儿，它的小脑袋从垃圾箱底下出来，探头探脑地看了一下，接着，钻到下水道里，消失了。

我给女儿发微信：我刚才看到一只黄鼠狼。

她发来十几个"啊"，然后说：我也要看。

我给她描绘刚才看到的那只黄鼠狼的样子：浅黄色的，身体细细长长的，伶俐敏捷，太漂亮了。

她说好久没有看到黄鼠狼了，然后发来嘤嘤嘤的表情。

我笑着说：好吧，看到黄鼠狼这种事完全是可遇不可求的。我本来是在为没有买到东西失望呢，突然就闪出这样一个小家伙来，简直就像是来安慰我的。

女儿发过来一排撇嘴表情，表示难过。

她在北京，是难得看到黄鼠狼的。

暑假她回武汉，倒是看到过几次，每次都万分欣喜。虽然黄鼠狼神出鬼没，且从不停留，每次最多只在我们的视线里出现那么几秒，但就是这样的惊鸿一瞥，反而让人念念不忘。

女儿喜欢这种小动物，和我一样。所以，每次我在校园里看到黄鼠狼，都会第一时间告诉她：啊，我刚才看到一只黄鼠狼。这，是属于我和女儿的黄鼠狼时间。

想起了女儿第一次见到黄鼠狼的情景。

有一次，我送她去附近的元宝山干休所上画画课，路边的灌木丛里传来窸窸窣窣的打斗声，伴以细细的尖叫，然后跑出来两只身形细长、行动敏捷的小动物。她看呆了，说："哇，这是什么？"

"这是黄鼠狼啊。"我告诉她，"我小时候经常看到的。它们总是藏在特别隐秘的地方，行踪不定。爱捕食老鼠、小鸟，也会偷鸡吃。"

校园里的黄鼠狼颇多，有一次，我看到一只黄鼠狼在我们家门前的草垛里穿行，草垛的表面鼓起细细的一条，而后又平复，真的很神奇。

当时，它大概是在追捕里面的老鼠吧。这样的捕猎对于一个城里孩子来说是永远无法亲见的遗憾。后来，女儿看动画片《火影忍者》，里面有一个重要角色叫宇智波鼬，我告诉她，黄鼬，其实就是黄鼠狼的学名。

相对于"黄鼠狼"而言，"黄鼬"这个名字雅致得多。但是，我还是习惯叫它黄鼠狼。

我不知道最早是谁给它起了这样的一个名字，要说，倒也名副其实。它是黄色的，它的行踪和老鼠很有几分像，它体形细长，擅猎杀，像迷你版的狼。

无论是鼠还是狼，在人们的心目中都不是讨喜的形象，而它竟然集二者于一身。一句"黄鼠狼给鸡拜年——没安好心"更让它成为虚情假意的代表，着实口碑不佳。

事实上，它确实爱吃鸡——今年过年回家，妈妈一脸惋惜地告诉我："家里的鸡本来有十来只，可是被黄鼠狼偷走了好几只。"

我问她："哪里来的黄鼠狼？"

她说："后面那家现在是黄鼠狼的窝了。"

我家后面的那户人家早已搬至镇上定居，屋子多年来一直闲置。虽然门扉紧闭，但里面几成废墟。黄鼠狼在此安营扎寨，周围人家养的鸡由此遭殃，我们家首当其冲。

我把这事讲给女儿听，她笑。

是的，对于一个城里长大，没有经历过家里鸡下的鸡蛋必须拿到镇上去卖掉以换来油盐钱的孩子来说，鸡被拖走一只两只，并不是大问题。

在母亲的眼里，黄鼠狼是贼；但在女儿的眼里，黄鼠狼是精灵般的存在。

我们永远无法预测，会在什么时候遇到一只黄鼠狼，尤其是在城市里。

我们在小区里见过，在理工大的校园里见过，在华师的校园里见过，在元宝山干休所里见过。

每一次，都是在我们散步、聊天的时候，它突然出现，倏然消失。留下呆立在原地，眼睛睁得大大的，还在期盼它再次出现的我们。

我记得最早的一次，还是我还在华师读大学的时候，有一天大清早去操场跑步，从路边的灌木丛中传来声音，然后跑出来一只黄鼠狼，令我大大地吃惊。

两年前，女儿去了北京，邂逅黄鼠狼更是成了我的专享。

而每次见到，我都会告诉她：啊，刚才看到一只黄鼠狼！

她激动一会儿，羡慕一会儿，然后感叹一会儿。

在我们的心目中，这样一个虽然日益罕见但能在城市里顽强存在的物种，代表的是一种神秘的、野生的、自在的生命状态。

而每次和它不期而遇之时的这份喜悦,以及母女俩因此而有的话语的交集、情感的连接,于我们是如此珍贵,如此美好。这样的时刻,于我们,犹如听到天籁,犹如看到神启。

肆

吉光片羽

愿你温柔待人，亦被温柔以待

（一）

昨天晚上，我和杨老师约好在操场散步。

因为开了微信公众号，话题就从这说起。我说到用文字与人分享自己的所思所想的快乐，她说她对此也有体会。

"对了，我收藏了你发在朋友圈的一张照片呢。"我告诉她。

她问："是不是那张背影照？"

"是的，一个中年男人牵着一个老奶奶走路的照片，好感动。"

"这张照片好多人收藏了。而且，你知道吗？这张照片可有故事了。"

然后，她给我讲了这张照片背后的故事。

那个周末，她跟一帮朋友去江夏青龙山绿道踏青，一路上山青树绿，花草开满小径，她时不时拿手机出来拍拍照片。

不经意间的抬头，发现走在前面的两个人的背影——一个中年男子扶着一个老奶奶，在慢慢地走。那个老奶奶七八十岁了，走路时双手微微张开，颤颤巍巍地，走得非常慢。那个中年男子就走在老奶奶的左侧，用自己的右手扶着她。他的左手拿着一把可折叠的小椅子，一看就是为老人随时坐下休息而准备的。

杨老师下意识地就按了快门，定格这一幕。

回家后，她把这张照片连同在绿道上拍的风景花草照片发了朋友圈。大家的兴奋点都在这张背影照上，纷纷为照片中的男子点赞，然后开始猜测人物关系。大家一致认为，应该是一对母子，儿子利用周末带着母亲到大自然中呼吸新鲜空气。

她们的校长在朋友圈里，幽幽地来了一句：我倒觉得是女婿和丈母娘呢。

大家便调侃校长，一定是一个好女婿，因为只有这样做过的才会有这样的猜测。

过了不久，更有意思的事情发生了——她的一个许久没联系的高中同学突然加她微信，对她说："你知道吗？你拍的那张照片中的人，是我的老公和我的妈妈。"

"啊，怎么可能？"杨老师说，"这也太巧了吧，那天我怎么没看到你？而且，你之前不是我的微信好友，是怎么看到这张照片的呢？"

同学说其实她当时也在绿道那里锻炼，但是走得快，一个人走到前面去了，留下老公在后面陪妈妈。至于她是怎么看到照片的，原来是杨老师把照片发到朋友圈后，她的另外一个高中同学看了也觉得很感动，就转发到自己的朋友圈，而她正好和那个朋友是微信好友。

世界就是这么小。

不经意间拍的一张照片，竟然引起这么多人的关注，而且照片中的人的家属也找来了，大家彼此还认识。同学圈里一下炸锅了，纷纷表示对那个同学的羡慕，说她真的好福气，因为能这样搀扶着自己的丈母娘出行的女婿，一定也会是一个好丈夫。

听到这里，我也连连感叹："这也太巧了。是啊，你的那个同学真的是太有福气了。而且，我真喜欢那张照片，这么温馨美好的照片，值得好好收藏。这比任何摆拍都要自然，都要真实，而且，真的好暖。"

杨老师说："其实，拍了这张照片后，我自己也想了好多，我倒不是想我的先生要对我的父母能这样。我想的是，作为女儿，连我自己都不曾这样陪着父母去大自然中走走。以前他们的身体还好的时候，想过带他们去旅游，却因为种种原因没有成行。现在妈妈身体不好了，要出趟门就更不容易了……"

说到这里，她的眼圈都红了。

我能理解她的心情，人到中年，父母正在老去，常让做女儿的在面对他们的衰老时有无能为力的感觉。但总是可以做点儿什么的，至少，像照片中的男士一样，扶着老人散散步吧。

我在想，我和我的父母之间，可曾像这位男士一样给他人留下过温馨美好的画面？

这就是一张不经意间拍下的照片背后的故事，以及因它而起，在每个人内心泛起的涟漪。

照片是美好的，照片里的人是美好的，照片外的故事也是美好的。由此我看到了人与人之间的温暖互动与情感连接，以及一种能量的流动。因为连我这个听故事的人也因此而觉得生活是美好的，未来是值得期许的。

前提是，先去做那个创造美好的人，那个以温柔之心善待他人的人。

同时，也愿你被温柔对待。

（二）

晚饭后，去理工大游泳馆游泳，这是我办卡后的第四次游泳。

以这样的频率，绝对游不了我理想中的全年100次。

在更衣室换好泳衣，找泳帽时，突然发现忘了带。我懊恼地叫出了声。

"怎么了？"我旁边的一位大姐问我。

"我的泳帽忘拿了。我第一次来时就忘了,出去买了一顶,这,又要再去买一顶了。"

"那你用我的吧。"她很爽快地说。

"你不用吗?"

"我已经游好了。"

"那,我怎么还你呢?"

"你就放在前台,我到时候到前台去拿。"

"您贵姓?"

"我姓张。"

"好的,谢谢张姐。"我爽快地接受了她的美意。我的嘴巴终于也变甜了,以前的我好拙,轻易不喊别人姐的。

她个子很高,我忍不住问她:"您有多高啊?"

"1米72。"

啊,难得的身高。她年轻的时候一定是个美人,现在虽上了年纪,但风韵犹存。

"您每天都来游吗?"

"差不多吧。有的时候隔一两天。"

我戴上她的红色底上有白色条纹的泳帽,笑着冲她道谢,然后,往过道走去,脚步轻快,心情愉快。

其实,我带了手机,只要出去就可以在服务台再买一顶泳帽,但是,接受一个陌生人的帮助,更让我开心,因为感受到了善意。

（三）

闺蜜跟我微信聊天，讲到我们上周六由她召集的旗袍聚会。

那天我穿的是米色蕾丝旗袍，配同色系的平底绣花鞋。追求完美的她说："绣花鞋虽然也很别致，不过，如果是高跟鞋就完美了。"

我笑着说："告诉你一个秘密，那天我本来也是很隆重地穿着一双高跟鞋的，但走到半路，脚实在疼得不行了，只好换上了有备而带的绣花鞋——作为一个常年不穿高跟鞋的人，还是知道自己的底细的，这平底鞋还真的救了我。饶是如此，左脚上还是打了一个泡。"

她也笑，说："经过一个冬天的休养，我们脚上的皮肤都变嫩了，所以穿高跟鞋一定要带创可贴。我一到春夏时节，包里随时都放着创可贴。"

然后，她讲了一个小故事。

有一次，她和闺蜜哲哲一起逛街。哲哲看到前面姑娘的脚后跟被鞋子打得起了黄豆大的水泡，她就跑上去拍拍那姑娘的肩说："来，我送你一个创可贴。"那姑娘千恩万谢的，比得了什么礼物都高兴。

那种感觉，我懂。

因为，我曾经接受过一个素昧平生的人借给我的泳帽。

也因为，我看到过一张充满了暖意的照片，感受到了人情之美，从而觉得生活之美。

这样，真好！

忽然深已秋

是的,忽然。

风在窗外呼号了两天,今天势头并没减。只不过经过了两天一夜声势浩大的肆虐后,人们已然接纳了这个事实。秋天真的到了,而且再一不留神,可能就是冬天了。

武汉的春与秋向来短,只是冬与夏、夏与冬之间,一个短暂的过渡。

昨天下楼去取快递前,取了一件灰色的风衣穿在身上,出门。

走了一半的路,看到一位老太太,至少七十岁了,可人家穿的是短袖T恤,我顿时就不好了,觉得自己穿得太多了。分明还有太阳啊,分明只是十月啊,我怎么就穿了这么多?

这样的一番内心戏之后,我觉得自己真的穿多了,觉得有点儿热。

我先去小区门口的药店。

脸上红肿，以为是食物过敏所致，到门口药店去买药，讲了红肿的前一天去户外晒了太阳。被告知是日光性皮炎，晒太阳所致，用芦荟膏抹一抹就好。

没想到自己有如此脆弱的皮肤，真的是无语。

在药店脱下风衣，一路上就搭在臂弯里，去取快递，去买菜，然后回家。

那风衣，初穿时，觉得是保暖、挡风，但这一路的行走中，感觉它是我给自己带的一个累赘，后悔穿了它出门。

因为那份谨小慎微，开始感觉自己很虚，心虚，生怕冻着、饿着、累着的那种虚。

这就是中年将老，人生至秋的感觉。

驱使中年人往保温杯里放几颗枸杞的感觉。

其实，这一路上，看到有人穿着短袖，也有人穿着长袖，还有人在长袖外穿了夹克。这夹克衫的主人还是三十多岁的精壮小伙，看到他，我的心中又觉得释然。自古有言，二八月乱穿衣。阴历的八月，不正是此时吗？

就在前一天夜里，女儿一边在凉风冷雨中一路瑟缩着回宿舍，一边打电话告诉我，北京这两天降温，她都穿上秋裤了，而且准备买保暖秋衣。

"好啊好啊，赶紧买呀。"我说。

可是，她说："这才十月啊。"

我当时对她说："穿衣服主要是根据温度，不是根据月份吧。"

说女儿时一套一套的,到自己,却左顾右盼,东想西想。

其实,不过是怕自己显得老弱。

真的是不淡定啊,我笑我自己。

回到家,往脸上涂厚厚的芦荟膏,看着镜子里那张红肿的脸,更加不淡定了。

想起一句话:老从来不是渐渐来的,而是,突然之间,你发现自己老了。

正如秋天。

也正如这一刻。

这一刻,想起了诗人里尔克在他的《秋日》中所写的:

> 谁此时没有房子,就不必建造,
> 谁此刻孤独,就永远孤独,
> 就醒来,读书,写长长的信,
> 在林荫路上,踟蹰,
> 任身伴,落叶纷飞。

我对这个世界过敏

一个人的童年教育真的是可以根深蒂固地影响他的人生观。

我绷着一张隐隐作痒的有些红有些肿的脸坚持了两天，希望它能自愈，可最后还是不得不去医院，验了血，拿了一盒开瑞坦，希望能够药到病除。

回家的路上，我想起了母亲在我小的时候常常对我和弟弟们说的那一句话：穷人作欢，必有大难。

当时的情景，一定是我和我的某个弟弟，或者我的两个弟弟之间，或者我们仨的任何一种组合的二对一战争中，因打闹而磕了头，破了手，扭了胳膊，伤了腿，而且其中一个开始伸着脖子号啕大哭。

母亲是不会有耐心去问事情的缘由以及分辨谁对谁错的，她有忙不完的事呢。她会冲我们狠狠地丢下这一句，每个人头上扇一巴掌，然后，继续忙她的事情去了。

那一巴掌不疼，只是表明她的"你们各自有错"的态度。但是那一句话很有力,大哭的立马噤声,没哭的做思考状。

我真的很佩服母亲,她没读过书,但是说出的话能以一当十。一句"穷人作欢,必有大难",掷地有声,无论是那个号啕的还是那个闯祸的,都通过自省明白,哦,是我得意忘形了,是刚才闹得太凶了,所以现在活该受皮肉之苦。闯祸的去给哭的赔不是,擦眼泪,一脸讪笑地说,别哭了。哭的也就收了声,吃亏就吃亏吧,得饶人处且饶人吧。

而我此时之所以想起这一句,是因为我将这次的过敏,归因于我在长假的最后那天玩得太开心了。

因为我是在回来之后开始出现症状的,典型的皮肤过敏症状,瘙痒,红肿。

过敏源到底在哪里?

药店店员看了我的脸,说应该是晒太阳所致。

那天的太阳是有点儿大,但我戴了棒球帽啊。不过,它真的只能遮住我的额头,而我发痒红肿的部位是脸颊以及下巴、颈部,那里是帽子遮不到的地方。我曾顶着太阳去摘橘子、摘火龙果、打CS(反恐精英),甚至有一会儿站在太阳底下做烧烤来着。

可是,我以前从来没有出现过晒太阳就起疹子的现象啊。

会不会是食物过敏?

那天吃了烧烤，还吃了从地里、树上现摘的西瓜、橙子、橘子、火龙果，这些东西平时都吃过啊。

或者是被小飞虫咬过？

当时我和阳光走在路上，看到一条毛茸茸的洋辣子在地上爬，我们不约而同地说，这个虫子要是爬到身上可就不得了。我们在童年时都有过同样的被蜇的经历，那种痒痛，真的叫酸爽。

但是医生说："不会，一般飞虫咬过的地方会有小水泡，有灼伤状的痕迹，你这都没有。"

"当天回来后，我去游泳了。会不会与这也有关系？"我问医生。

"也有可能。"医生说，"游泳池的水里加了很多东西。"然后提醒，这几天最好不要去游泳了。

医生很有耐心地听我对自己病源的推测与探寻。然后，他建议我去验个血，看是不是过敏性皮炎。

其实最后医生也没有弄清楚，他拿着化验结果看了看，只是说，还好啊。

如此模糊但又安慰人的一句，我就不再追问详情。医生说："我给你开一盒开瑞坦，每天一颗，吃三天，这期间脸上冷敷。"

好吧。

早知道这样，我昨天去药店时就自己拿一盒开瑞坦好了。

因为在我们一起出游的读书会群里，也有人自陈食物

慢慢的，也很好 | 131

过敏，一位朋友给他开出同样的药方——开瑞坦。

对这药我不陌生。

曾经有一段时间，我的皮肤受到荨麻疹的困扰，当时去看医生，医生说，要找过敏源是一件非常麻烦的事。他罗列了不下十种可能，我仔细地回忆对照，都有可能，但仅仅是可能，你不能确定地说，对，就是它。

不如化繁为简，我就把这次的红肿当作一次荨麻疹的再次发作，而原因在于这次的出行。

因为肿着脸，因为痒得快要抽搐，因为想起早年母亲的那一句话，以及那句话在我此后人生中不着痕迹但又顽固原生般的存在，我由一个出行时的享乐主义者，变成了此时的悲观主义者。当时所享受的一切，阳光、新鲜空气、水果、烧烤、游戏，一切的一切，现在，用怀疑的眼光看，都是我脸颊受罪的根源。

其中具体是哪一样在作祟，不知道。

我只能笼而统之地说，可能，我对这个世界都过敏。

但是，就算真的如此，我还是会欣然前往，还是会去晒太阳，摘瓜果，吃烧烤，以及像孩子一样地玩游戏。

就像此时，杨老师打来电话，约我一起去华师散步，去闻一闻那里的桂花香。

我马上一边关电脑，一边对她说，好。

还好，我对桂花不过敏。

而且，我吃了开瑞坦。

以雪，认识小鸟

一早起来，看到窗外人家遮阳罩上、树冠上、车上都有薄薄的一层雪，水墨画中江南民居的韵味一下就出来了。

地面只是湿着，堆不起雪来。

这大概是身在南方的人盼雪的遗憾。

在武汉生活二三十年，见过的能让路面积雪的雪，不超过十次。

所以，放下了那份奢望。

何况，昨天外出时一路的寒冷，以及在有薄雪冰碴的路上小心翼翼地走路时的紧张，已让我觉得，好吧，下一点儿小雪也足够。

就像此时，窗外静静地落着雪，小朵小朵的雪，慢镜头般地飞舞，天地间有了一种别致的景象，就足够。

朋友圈有人在晒雪景，最喜欢的是茵乐花园的主人发的几张。她的花园在楼顶，一夜积下薄雪，最令人惊讶的是，雪地上有几行细细的爪印。

不知道是一只什么样的鸟，于夜间来此栖歇，留下了如此可爱的痕迹。

想起儿时在老家，每逢夜里下了大雪，早上起来便看到门前廊檐下的雪地上有好多好多的爪印，心里就莫名地惊喜，又心疼。在夜里，是有多少鸟儿在这里躲了风雪，而天亮之后，它们又遁入田野与树林，不见踪影。

"以雪，认识小鸟。"

这是我所喜爱的美国女诗人爱米莉·狄金森的一句诗，后面的一句是："以小草，认识春天。"

我特别喜欢，尤其是在这样一个下雪的日子里，在看到了这样的画面之后。

庄户人家的女儿

在公众号里写了自己参加读书会年会时挖野菜的情节，小学同学看到了，在下面留言：一看就是庄户人家的女儿。

我大笑。

庄户人家的女儿，我喜欢这个称谓。

曾经一度为自己生于农村而自卑，不是因为学习成绩，也不是因为长相，而是因为气质。

一个人的出身给他最大的影响在于气质。

当年到了初中、高中，同学由清一色的农家子弟变为有各种家庭背景的孩子。他们的父母有的供职于政府机关，有的经商，有的是老师，有的是医生，有的是工人，生活条件相对优裕，穿着打扮、谈吐礼仪、见识眼界都和出生在农村的孩子略有不同。

我的朋友娟生于书香门第，母亲是老师，父亲是作家，她很优秀，一向自信满满，从不怯场。但有一天她告诉我，她初中阶段最为自卑。当时她刚刚随母亲从农村小学来到镇上中学，发现镇上的孩子好洋气，自己的内心就蜷缩了起来，好久之后，才又伸展开来，花枝招展。

我当时笑了，原来每一只蝴蝶都有过自己的毛毛虫时代。

城里小孩儿和农村小孩儿的差别很多，我喜欢看细节。

失联多年后，我和我的初中同学在网上相遇。有一天，听城里的同学讲，当年春暖花开时，她和好友翘课跑到田野里采摘苕子花，玩得不亦乐乎，结果被老师罚站。

我笑，她们都是城里小孩儿，所以视苕子花为稀罕物。那时候，我每天中午都要走六七里地穿过田野回家吃饭。春天，路的两边是苕子花的花海，它们是很美，但于我却十分平常，绝不至于翘课摘花。

但是，当她们谈论看到的好书、杂志、电视节目，以及父母出差回来带给她们的礼物时，我会心生羡慕。

那时的我一放假就得跟着父母下地干活儿，插秧、割稻、捡棉花，但凡力所能及，一定得帮着去做。而田野给了我最好的关于万物成长，关于四季轮回，关于一分耕耘一分收获，关于天道有常、顺其自然的教育。

这是一本摊开的大书，但要读到精髓，需得身体力行。我在父母的带领下，粗略地读了一些，懂了一些，但是浅尝辄止。

那时的我，在备感农事的苦累之余被告知，在田野的尽头，在远方，在一个叫城市的地方，有不一样的生活，我很向往。而我能去的途径只有一条：读书。

终于有一天，我到了那里，并在此间生活近三十年。

我的孩子生于斯，长于斯，她和我有着不一样的童年、少年。她的身上有我当年羡慕的那些城里孩子身上的气质。现在，青葱之年的她，如同当年的我一样，对外面的世界也有向往，她的目光所及，是更远的远方。

她想过和我不一样的生活。

在家里，我们好时如同姐妹，分享生活之种种。但每当为某事起争议时，母女之间因年龄、生活经历的不同带来的差异突显出来。最大的差异，体现在对新事物的接受度，以及对旧物的态度上。

她拥抱一切的新奇美，觉得对生活质量的追求不能将就，用着不好的东西，弃之。而我留恋旧物的温度，惜物，克己，觉得一切都好。

卫生间的马桶，我说："还能用啊。"她说："不，排水不畅，要换。"

厨间的煤气灶，点火器坏了，我买了有柄的打火器，也用得很好。她说："不行，要换。"

冬天，我觉得就应该冷一点儿，不然怎么叫冬天呢。当年我的外婆就曾告诉我一句话：不冷不热，五谷不得。人受点儿冷，更健康。

她说:"那是种庄稼,我们是人,生活在城市里,就应该充分利用便利条件,不然人家发明空调干吗?"也有道理。

淘汰的电话,我舍不得扔,至少是一份纪念吧。她说,留着占地儿……

每每遇此,争执一番后,我就只好自嘲:"好吧好吧,你是城里老鼠,你老妈我是乡下老鼠。我知道你说的有道理,但你也要尊重一下乡下老鼠的感受好吗?"

她小时候的童话书里,有一则《城里老鼠和乡下老鼠》的童话,我觉得基本上可以代表城乡生活差异的全部,真的就是两种气质的冲撞。

当我这样讲时,她就撇撇嘴,不再那么激动。我也笑了,但是,我知道,只是暂时的,未来某一时刻,我们还会就此争论,而且,往往是她赢我输。因为这是趋势。

但是,如果她不是生在城市,如果她像我一样,从小在农村长大,看田野的四季变化,栉风沐雨,知农事之艰辛,知菜蔬米粮来之不易,自然也知惜物,且心心念念。

要说到一个人的出生地对其人生的影响,我脑海里跳出来的是苏斯金德的小说《香水》。那个出生在鱼档的孩子格雷诺耶,当他从母亲的子宫直接掉落在鱼档下,堆积的鱼鳞、鱼内脏用腥臭拥抱了他。嗅觉器官成为他全身第一个被激活的器官,这让他对气味的敏感超过常人。他成为调香师,疯狂地爱上了少女身上的香味。他用各种方式收集少女的体香,制成迷幻香水。

奇特的构思,揭示了命运之吊诡。格雷诺耶最后赴死的地方,正是当年他出生时的那个菜场,正所谓命运开始的地方,也是命运结束的地方。

不久前,高晓松成为哈佛大学研究员的消息传开。有人调侃,哈佛史上脸最大的研究员来了。其实,除了脸大,高晓松的家世也优于常人,他的父母都是清华大学教授;外公外婆是顶级科学家,外公张维创办了深圳大学,外婆陆士嘉是钱学森的师姑。他从小在清华园长大,可谓含着金钥匙出生,有资本恣意过一生。当大多数人都在为生存、为温饱、为房子和车子而奋斗时,人家早已视之为浮云,他追求的是远方和诗意。

他坦言:"每当生活中不知道想要什么时,就先想想自己不想要什么。上清华,再去国外读博,然后成为科学家,这不是我想要的生活,所以我决定退学。"

现在,成年的他,在经历了酒驾服刑,推出了多档收视率超高的谈话节目后,说自己想要成为一个知识分子,能到哈佛这样的顶尖级大学做研究员,也是得偿所愿。

从某种程度上讲,他在回归其长辈的学院派人生轨道。

回到我自己,一个庄户人家的女儿,我的日常是什么呢?

认真地写文章,用心地做调解,做咨询,在力所能及的范围内，助人且自助，过得开心，是对人对己最大的善与慈悲。

最重要的一点是，放下包袱，做真实的自己。

比如，就在周六的读书会年会后回家时，我带回的不仅仅有萝卜和野菜，还有打包的烤羊。

饭后，我们点的烤全羊剩下好大一片，看其他人都对此视若无睹，我心中不安。这太浪费了，于是，我就把它用锡纸一裹，装在塑料袋里打包回家了。

回到家，我笑着讲给女儿，她也笑着听。

在我身边长大，她已通过我的言行知道且认可，打包这种在别人看来显得抠抠搜搜的行为，于我则是做了更释然，能减少内心的不安与罪恶感。

毕竟，正如我的小学同学所说，我就是庄户人家的女儿。

活成茶一般的女子

在游泳馆,一个来回100米,第三个来回,我正在往回游。半程中,我右边的泳道有人迎面游过来,她朝我喊:"微笑妈妈,绿茶。"

我看过去,戴着泳帽泳镜的脸,辨识度真的不高。

肯定是认识我的人,不然不会叫我这两个名字。

又不好停下来跟她说话,于是我冲她喊,"我先游过去啊,一会儿再聊。"

一边游,一边在想,是谁呢?

再游一个来回,当我在池边休息时,看到杨老师游过来,呵呵,是她!

"你这家伙,明明平时都是喊我本名的,今天怎么突然喊我的笔名了?"

她说:"哎呀,那一会儿突然就想不起你的本名来了,就喊你微笑妈妈和绿茶了。"

"好吧,"我笑着说,"看来,在父母给的名字和自己起的名字之间，我渐渐活成了我自己。"

我都忘了自己是哪一年给自己起名"绿茶"的。

大概是在喝过一杯上好的碧螺春后，从此爱上了茶，也爱上了这个字。

茶，一个典雅、清润、悠闲、有禅意的字，于是用它做了自己的笔名，作为编辑署名，或者作为自己写的文章的署名。

渐渐地，它成为我的另一个人格符号。

喜欢这个字，拆开来看，人在草木间，而这，正符合我的心愿。

从小长在农村，有村庄处必是林木环绕，樟榆柳杨，柞槐枣楝。每一种树的树形、枝干、叶片、果实都不一样。虽材质不一，用途不一，但每一棵树都是以自己的缄默与深情静静地伫立村头，守望乡土。

田野荒径之上草蔓弥生，田地里各种农作物郁郁葱葱。

行走于其间，劳作于其中，让我对草木有最切身的认识和理解。曾经在河坡与田埂上放牛，在秧田里拔秧草，在水稻田里插秧、挥镰，在棉地里锄草、打枝、捡棉花，在菜地里浇水，在麦田里拾麦穗，在花田里摘菊花，在桑树林里采桑叶……

那些草木枝叶婆娑，和我摩肩擦掌，肌肤相亲，于我亲切如家人。

我曾目睹过那些植物的萌芽、繁荣、开花、结果、凋零。父亲教我二十四节气，以及相关的谚语，每个节气都与农事有关，与植物有关。植物的生长成为时间的刻度，一季季，一年年，周而复始。

我也随之成长，然后，在桃李年华，离开乡村，来到城市。

在乡村看到的多是草木，在城市看到的多是人。

有人的地方，就有江湖，就有政治，就有游戏规则，就有爱恨、恩怨、情仇。

而我所从事的又是一份与人的情感生活、人的成长密切相关的工作。我先是在杂志社做编辑，主持一条心理热线，听到了无数的人生故事。近几年，又在电视台的一档生活调解类节目做评论员，目睹无数来到现场的当事人的家庭悲喜剧。还有自己以及朋友们这些年来，各自经历的事，渡过的劫，真的领会到了何谓人生如戏，戏如人生。

不需要剧本，完全是即兴，百分百真实。每一个人都能活成一部史诗、长篇或者电影。

看累了听累了的时候，就喝一杯茶，安抚心情，放空自己。

其实杯中茶，亦如人生，是有故事的。

它们曾经是坡上一丛绿，枝头的青青叶，被人采摘下来，然后历经晾菁、走水、浪茶、杀菁、揉捻、捡枝、烘干,很多过程还得反复数次,且对温度、湿度、手法有诸多要求,终成好茶。

这还不够,还得有寻茶人来认领,将它带回,还得有爱茶人来挑选,将它买回。将其用不同温度的水冲泡,倒入不同的茶杯,方能成一杯散发出微微草木香的茶汤。此时,那些萎缩枯槁扭曲的叶片全然舒展,恢复它在枝头时的旧颜,只是它的精髓已化为茶汤,汤色各异,皆柔,皆美。

喝茶的人喝下它,体验到它的香、甜、韵、美,心静神安。

是为一杯茶的完美一生。

追逐荒地的人

车从珞狮南路高架桥上过,眼睛的余光看到桥下华大家园前闲置的空地上有一片绿色的菜畦,顿时想起春节期间听到的故事,故事的主人公是我的舅妈,讲故事的人是我的舅舅。

舅舅身体不好,帕金森综合征损坏了他的健康。他按时检查,按医嘱吃药,病情控制得还不错,手的抖动减轻了许多。但是药损坏了他的胃,人很瘦,一米八的身高因为瘦而显得更高。

舅妈的腰腿不好,甚至站都不能站得很直。

我记忆中的舅舅高大英俊,舅妈漂亮娇俏,但现在,他们正在老去。

"这都是年轻时下力气干活儿落下的。"舅舅说,"我们一辈子就是不给话让别人说,做什么都要做得比别人好。以前大集体的时候,做多做少一个样,我都是一个人做一个半人,甚至是两个人的活儿。"

这话我信。他们二老就是靠着自己的能干、勤俭、刻苦，挣下一份不错的家业，养大三个儿子。

三个儿子也很有出息，老大读研后留在省城，老二、老三在县城经商。他们二老也跟着在县城，带带孙子，帮儿子做点儿力所能及的事。

应该说，日子可以过得很轻松。

"但是，你舅妈就是闲不住。她一不跟别人打牌，二不跟别人聊天，就喜欢种地。"

"种地？县城里哪里还有地可以种？"

"有哦，人家房地产开发商圈了地要建楼房的。建第一期的时候，你舅妈就在第二期的空地上种点儿什么。人家建第二期的房子，她就在第三期的空地上种。反正她看到哪块地空着，就心里痒，想种点儿什么。去年，她就这样还收了几百斤红薯。"

"啊？真的吗？"我问舅妈，"真的收了这么多？"

舅妈点点头："我看那地空着也是空着，好可惜，就去收拾了一下，买了一捆红薯秧子插上了，虽然没怎么管，但最后还是收了这么多红薯。"

"哪是没怎么管？"舅舅说，"地里的石块要清出来吧，平时还要去看看，拔地里长出的野草。光是挖红薯都分了好几次去挖完的，你现在弯个腰都不容易……"

是责怪，也是满满的心疼。

舅妈笑着对我说："你舅舅就是怪我，说我天生是个劳碌的命。"

"您也真的是闲不住啊!"我说。

不过,我很能体会舅妈的心情。其实,当我在城里看到很多撂荒的地时,也想过,要是能在这儿种点儿什么多好。可惜我没有时间和精力来做这件事。

今天,当我路过珞狮南路高架,看到华大家园前那块空地上一畦一畦的菜地时,我想起了舅妈,想起了我心中的愿望。

至少,在这座城里,有人如我所想,有人如我舅妈所做,于是,就有了这一片高楼大厦间的菜地。

他们都是追逐荒地的人。

只因为他们的心底有一个田园梦,但是无以安驻,唯有以这样游击的方式得以亲近土地,劳耕于其间,自得其乐,哪怕时间短到可能只有一季。

青　苔

昨天晚上遛嘟屁（家里的小狗）时顺便在成教学院门口那个长长的坡道那里挖了青苔和铁芒萁。

前几天我从这儿路过，发现了它们的存在。

这里一边是墙脚，一边是排水沟，既潮湿又阴暗，一般人不会注意的角落。

阴暗、潮湿，多少人讨厌这样的词，讨厌这样的环境，却为青苔所喜，它们在此长得绿意盎然。

当时一看到它们，心中便冒出念想，我要来这里挖一些青苔回去，养一盆青苔盆景。

之前在杂志上看到，有人专注于养青苔做盆景，其作品可谓巧夺天工。

后来看杨老师做的盆景，将不同植物错落有致地搭配在一起，也很有趣、别致。

这次，我自己也来试一试。

拎着被我挖下的青苔和铁芒萁回家后，从柜子里把那个一直闲置的瓷盆拿出来，将阳台上的卵石放到里面，再将青苔一层层铺上，铁芒萁栽于其中。

第一次做这种盆景造型，完成后发现，和普通的植物盆栽比，别有一番风味。

难怪有人专职种青苔做造型出售，确实是很独特。

我发图片给杨老师，她说不错啊，如果还有太湖石或者陶人放置其中就会更有意境。

这两样，我以后可以淘一淘。

发给女儿，她也说那些青苔好可爱。

多年前，在南京参加一个杂志社的笔会，和北京来的作者安特别聊得来。我们在明孝陵参观，她看到长在墙角的青苔，一脸的惊讶和喜悦。她说自己是第一次看到真的青苔呢。

她小时候在内蒙古长大，再后来一直在北京生活。总之，她看的最多的是一望无际的大草原。而青苔，如此微小、纤细、密集，乍一看，可谓微缩的草原。

经她一描述，我也觉得青苔特别可爱。

她用一个矿泉水瓶子装了一点儿青苔，说是要带回北京养。

不知道最后她在北京养活了那一小团青苔没有。好像就是自那次之后，我对自己身边几乎是随处可见的青苔有了更多的关注。

在路边铺的花砖的缝隙间，青苔长出，让普通的路有了一格格菱形的图案。

在树的背阳处，青苔随着树皮的参差，长成一行行，像诗之长短句。

在山边的石头上，青苔长成斑驳的抽象画。

在湖畔水泽，青苔长得团团簇簇的，如绿色的小云朵。

想起袁枚的那首诗——《苔》。

> 白日不到处，
> 青春恰自来。
> 苔花如米小，
> 也学牡丹开。

虽是不起眼的，却是自在而顽强的。

虽是渺小之物，却又让人产生浩大之感。

这是青苔给我的启迪。

遇见一棵树

在湖边散步,遇到一棵树。叶子已经掉光,枝头满是果实。

一簇簇,黄色的,指头大小的果实。

久违了,我记忆中的楝树。

小时候,老家屋前有一棵大楝树。每到春天都开出一树的花,紫色的,细细碎碎的,香的。一场雨来,那些花瓣细细碎碎地铺了一地,而枝头,有小小的青果萌出。

慢慢地,就长成了珠玉般的果实。

曾经以为它是可以吃的。

但是摘下来,剥开,放到嘴里,苦涩得不行。

它怎么就不能像旁边的那棵枣树一样结出甜甜的果实来呢?

对它是有几分嗔怪的。

不过,它有着独一无二的紫色的花,而且从来不长虫。我们在楝树下做作业,不用担心从树上落下虫子来。

而它的果子,常常被淘气的小孩子拿来当弹弓的子弹。

若干年之后,我再回老家,发现已经找不到一棵楝树。那些浓荫匝地,伴我长大的大树都被砍了,现在家家户户房前屋后种的是橘子树、柿子树,或者是速生杨,像楝树这样结不出好吃的果子而且成长缓慢的树,渐渐绝迹。

没想到,我儿时对楝树的嗔怪,其实也植根在大人的心里。

在武汉,多的是樟树、梧桐、桂花树,而楝树,我曾留意寻找,但没有看到。

我以为我再也见不到楝树了。

没想到,有一次,开车去汉口,在长江一桥靠武昌这边的桥头,有一棵道旁木吸引了我的视线。它亭亭玉立,身形孑然,但是,它开了一树的花,紫色的花。

我的心在那一刻似乎也开了一朵小花。

回程的时候,我边开车边紧张地往车窗外看,寻找那棵树。它果然还在,枝干遒劲,花满枝头。

我坚信它是一棵老楝树。

泡桐树也开紫花,只是花形肥硕少韵致,树形亦如此。而我所看到的那棵树,树形很美,树冠上是那种细密的烟雾一样的紫花,所以,它只能是楝树。

后来，我好几次开车经过一桥，都会特别留意这棵树。因为它，我仿佛与这里有了一个秘密，我过桥，其实也是赴约，赴与一棵树的约。

不过几秒钟的时间，车就开过去了，那一抹紫色还在，我的心里就满满的都是喜悦。

我也曾想去实地考证一下，看看那棵树。可是，生活中似乎有太多比这更重要的事，其实也未必，我只是懒而已。

没想到，今天，在一个偏僻的湖边，我竟然看到了一棵楝树，结满了果实的楝树。

当年的我，因为这些果实不能吃而深以为憾。现在的我，突然觉得不能吃才是这些果实隐秘的骄傲，才是它们真正的性格所在。看着这累累的果实，好想摘下一把，然后种到地里，看它们生根发芽，最后长成一棵棵参天大树。

种一棵树，最好的时间是在十年前。种一个梦想，最好的时间就是现在，对，就是现在，梦想着自己能够种下一棵树，苦楝树，只为在每年春天都能看到它紫色的花。

草木皆有情

黄桷树的乡愁

晚上,杨老师给我发来她做的盆景和新栽的月季照片。我告诉她那篇写到她的文章发出后好多人留言,生于乡村的朋友觉得画的就是自己家的后院,有的人还想跟她学画。

她开心地笑,告诉我这些画作系她早年所作。她2011年举办个人画展时展出过,其中有一幅在开展当天就被人订购。后来又有多人来询问,有一位先生特别喜欢那幅画,请人做说客,然后以更高的价格从第一位买家手中买走。

喜欢它的人,记忆里一定藏着一个这样的故乡。童年的他们一定是在这样的乡村长大,有河湾,有绿树,有瓜棚豆架,有青草,有远山,有雾霭。

如这画上的一切。

原本寻常的一切，因为画家的慧心妙手而定格。因为隔了时间和空间的距离，观者因之而突然想起，哦，这就是我的家乡，它原来这么美。这美触动了其内心深处那团柔软的情愫，很少提起，却永远不会忘记。

这大概就是乡愁，既美，又沉重。

杨老师说，她正在和几个朋友策划一个有关乡愁的项目。

说到乡愁，我突然想起我原来在杂志社的同事，负责"无忧子信箱"的杞子，他现在在重庆一所大学教书。有一天，他在朋友圈发了一张照片，一排道旁木，一地落叶黄。配图文字是：请大家猜这是重庆的什么季节？

看上去像是秋天，可是，正确答案是：春天。

"为什么会有一地落叶呢？"我问他。

杞子说："重庆的黄桷树很任性，什么季节栽下的，它就会在那个季节掉树叶。"

真是一个神奇的特性！

2013年我曾到过重庆，在三峡博物馆前的空阔地上看到好几棵黄桷树，树冠丰满，叶片硕大，这种树在武汉难得一见，在重庆被尊为市树。

没想到，黄桷树会在它被移植的季节掉叶。

树也是有记忆的，因为移植是它生命中的一次迁移，脱离原乡，栽到新的地方。此时的它，如同一个人少小离家，异地求生，或北漂，或南下，或出国，总之，它经历了一次分离焦虑。于是，它在生命年轮里记录下这一刻。此后，它在新的环境中成长，即使长得枝繁叶茂，每年一到移植的那个节点，它都会落叶，致敬过往岁月。

这是黄桷树的乡愁。

树犹如此，人何以堪？

花朵的爱情

我把黄桷树的故事讲给杨老师听，她说："真的吗？很神奇啊！"

她也是一个热爱植物、热爱大自然的人，她说："我也跟你讲讲我的一个感受吧。每年武大樱花开的时候，我特别喜欢在樱花树下走，让花瓣落自己一身。这个时候，我会想到，关于花朵的爱情。

"樱花也是分雌花和雄花的，到了盛开的季节，它们散发着浓郁的香气，想要吸引特定的那一朵，可是，那一朵在哪里？它并不知道，也不能得见。它知道它一定存在，心中渴慕，但一切存于心念。除了开花，散发香气，它与它，齐齐藏身于亿万花朵之中，永远不能相见。这是典型柏拉图式的恋情，很纯洁，很唯美。"

杨老师不仅是画家，而且是诗人。

我说："这就像人，有的人也是一辈子不能得遇真爱的。"

"是啊，"杨老师说，"所以你看，到最后，雌花和雄花只是借助虫媒,才能结合在一起。"

忍不住想象了一下,蜜蜂从一朵花到另一朵花,它的路线在我看来几乎就是随机的。它一天飞行近二十公里,采集半径在两到三公里,有时更远一些。它要飞经万千朵花,将它们的花粉混合在一起,一朵花,和它所渴慕的另外一朵花,那么纯洁的爱,最终其实是沦入了混沌。

"这,好像很无奈呢。"

"是啊。所以我每次走在樱花树下,都会有一些感伤呢。"杨老师说。

确实是有一些呢。

月圆之约

"你知道吗?"我对杨老师说,"你看到开花,联想到柏拉图式的爱情,我看到开花,会联想到万物之间的约定。"

"什么约定?"杨老师问。

我告诉她:"我有一天在图书馆翻杂志时,无意间看到一则报道,瑞典的斯德哥尔摩大学的植物学家们发现,有一种麻黄属植物,只有在月圆之夜才会释放花粉,吸引在夜间出没的飞蝇和蛾子为其传花授粉。"

"在月圆之夜才开花,真的够傲娇啊。"杨老师说。

我笑:"不,人家可不是傲娇,相反,是谦卑。"

"为什么?"

"麻黄开花不是为了和月亮赴约,而是只有在满月的时候,授粉昆虫才可以整夜借助月光导航,长时间地长途飞行,这会使它们更有效率地传播花粉。因此,花朵也趁此时机努力开花。

"在月圆之夜开花,释放花粉,其实是花朵、月亮、昆虫之间的默契。经千万年,一种植物和动物以及一个遥远星球,当然也包括地球自己的运转规律而建立的默契。"

我笑着把这些讲给杨老师听,她连称啧啧。

所以你看,大自然就是这样,一环扣一环,丝丝入扣,浑然一体。亚马孙流域的热带雨林里一只蝴蝶翅膀的翕动,可能会引起太平洋的一场海啸。

如此看来,生而为人,生活在这样一个神奇的世界,与植物为伴,与草木相邻,真的很幸运,很幸运。

脏脏的

出小区门时,一对母女走在我的前面,小女孩儿四五岁的样子。妈妈带她往那条小路上走,就听那个小女孩儿说:"妈妈,不走这条路,这条路好脏啊!"

这是一条小路,右边是我所住的小区,路的左边是一幢八十年代建的老房子,一楼的住户在自己门前空地开出小小的菜园子,种上各种菜。虽然用砖砌了边,总有些泥土到路面上,这在孩子看来就是脏了。

"这哪里脏了?"妈妈说,"又没有下雨。"

"有泥巴。"小女孩儿说,"而且我都闻到臭味了。"

"这是菜地。"那个妈妈说,"你看别人种的菜,菜里施了肥,所以才有点儿臭。"

"好臭,我不喜欢这里。"小女孩儿说。

"那我们走快一点儿吧。"妈妈说。

"从这里走的人好多。"小女孩儿又说。

我想,她所说的人里面应该包括了我。

我笑了。

母女俩快快地走，我慢慢地走。我看到菜园的主人在拔小白菜秧子；看到那位老爷爷在加固菜地的围栏；看到路边的那几株秋葵，已经长到齐人高了。它们是刚刚过去的这个夏天里这片菜园的主角，长得葳蕤挺拔。直到此时，它们的茎叶间还在开花，还有像绿手指一样的秋葵藏在叶丛间，真的好惹人爱。

如果我是那个孩子的妈妈，我会引导她看这些。我会告诉她，这不叫脏，泥土是本来的存在，没有它们，就长不出花草，长不出菜。

可是，想到她是在水泥丛林中长大的孩子，一直被父母和幼儿园老师要求讲卫生的孩子，她的家里想必是窗明几净一尘不染的，她的衣服和小手若沾上泥或许会被家长和老师批评。我只能轻叹一口气。

想起早上出门前，指甲有些刮衣服，我去剪指甲，看到自己的大拇指的指甲缝里有一些黑色的东西，洗不干净。如果叫那个小朋友看到，大概她也会说，啊，阿姨的手指脏脏的。

其实，这是前天在老家，随父亲去田边摘苕梗时，苕梗上的浆汁沾染到指甲上所致。

回武汉时，我从老家带回了一些新挖的芋头，那些从脏脏的地方长出的食物，洗净后却也肌肤如雪，玉质冰心。

但是，那个小朋友不知道这一切。

泥土味儿的教育

那天,我和杨老师聊到刚刚过去的新年,我们都回了自己的父母家,都带着孩子。她待的时间比较长,我待的时间比较短。

每次回去,女儿都会有些不适应,城里长大的孩子,对于生活条件相对简陋的农村总是有些不适。令人欣慰的是,这么多年来,只要我说,走,跟我回天门看姥爷和家家(方言,姥姥),她都不会拒绝。

杨老师的父母住在县城,条件相对好很多,和武汉这边的生活差别不大,所以孩子很习惯。他小的时候,每年的寒暑假都会回外婆家。

杨老师说,对此,儿子的堂弟可羡慕了,因为堂弟的爷爷奶奶、外公外婆都是武汉人,到哪儿都差不多。再加上爸爸妈妈工作又忙,他常常是一个人在家里,看动画片,打游戏,好无聊。

嗯,那样的假期确实也好无聊。

如果能够换一个环境，尤其是到乡下去，身边又有亲人照顾，似乎很不错。

从天性的角度来讲，乡村比城市更适合孩童。那里更贴近自然，山川河流、树木花草都是原生态，且近在咫尺，看着它们，被它们包围，你会觉得自己的呼吸都和它们有了同样的节奏。每次我回老家，虽然都会带一本书，以为自己会看的，但最后基本上都没有动。可看的太多了，往门前一站，看到门口的那条河，尽管它现在已经被污染了，但是，它还在流淌着，还有生命。看眼前的长堤、树林、渡船、行人，它们离我如此之近，开阔平坦，一览无余，自然优美。回到城市，从自己家阳台、窗台看出去，全是楼群、窗玻璃、瓷砖、空调外机、太阳能热水器的长长的水管，是完全不一样的风景。

除了自然风光，农村还有随处可见的鸡鸭、猫狗、牛马羊。它们与生俱来的活泼生机，和孩童的气息相互吸引。我女儿每到老家，总是对这些东西特别感兴趣，以前在绘本上、电视上看到的生物现在成了活生生的实物。它们可真漂亮，鸡在沙土里刨、打架；河滩上的牛在悠闲地甩着尾巴；狗从门口经过时，会探头往人群聚集的地方看，似乎在打探人们在讲些什么，但又提防着人们……这让女儿格外兴奋，她指给我看，我笑，这正是我带她回乡下的意义之一。

除了动物，更多的是植物，房前屋后的树，菜地里的菜，河堤上的野草，都可以说道说道。有一年回老家过年，把家里的小狗也带回去了，结果在回武汉后给它洗澡时，从它的长长的毛里拣出了五六颗苍耳的种子，多么神奇的、会旅行的种子啊。

每次回乡下，走在乡间小路上，我都会指着田野里的各种农作物告诉女儿，这是麦子，这是棉花，这是豌豆，这是水稻……让她能够亲眼看到大地上各种植物的生长，而最后它们会变成粮食或者衣服。人和土地的关系是如此亲密，而我们对它的了解却实在太少，尤其是城里的孩子。

所以，如果你还有一个可以回去的乡下的老家，经常回去看看吧，把自己的孩子放在那里生活一段时间，让他去和大自然接触，和小动物接触，看看树木和庄稼的成长，看看四季之更迭。这是比书本更好的关于自然、关于生命的教育。

直到现在，我都觉得我所受的教育，三分之一来自学校，三分之一来自社会，还有三分之一来自乡村。那种带着泥土味儿的教育，是最接地气的，最润物细无声的，最绵密而又深远的教育。

且听风吟

我很感谢我小学时候的一位语文老师,我之所以热爱观察生活,热爱写作,跟他的引导有关系。

当年的老师也就二十出头,很年轻。身为老师,平时上课教我们,农忙了学校放假,他要回家种田。那时候已经分田到户了,有的时候,他会带我们到他家的地里去干活儿,比如摘棉花、扯秧草,也有的时候只是纯粹地带我们去大自然里,让我们去观察,去体验,然后写作文。

平时我们也帮父母做过这些事,但并没有用心去体验这一切。是这位老师让我学习到,如何跳出事物本身来看这件事,体味这件事,写这件事。每个人体会到的东西不一样,写出来的东西也就不一样。

记得当时他带我们到一片桑树林里,让我们听风吹桑树叶的沙沙声。路边的草垛边有一些干枯的玉米秆,他说,你们再听听这些枯叶的声音。

果然是不一样的声音。一个哗哗作响,因为叶子带着水汽；一个唰唰地响，有着随时都会被折断的脆弱。

村上春树有一部小说《且听风吟》，当时一看到这四个字，就想起这位老师让我们区别不同的叶子在风中的声音的情景，我觉得至少那是我个人成长中重要的一课。

毕业之后，再也没有见过这位老师。他的夫人前两年倒是见过，当时她抱着自己的外孙女，到我们村子里来玩。我的父母开了一个小卖部，她进来给外孙女买糖果。

想当年，我们的老师刚刚结婚，女生们议论老师的新娘子漂不漂亮。我们放学的路上，正好经过那个村子，她正在村后的小河边洗衣服。"新娘子，新娘子，老师的新娘子！"有调皮的男孩子大声地喊老师的名字，然后我就看到她抬头看过来，笑了一下，然后低下头继续洗衣服。

有女生说，新娘子的脸都红了。

我只记得她微笑的样子很美。

现在，她已经当外婆了，看她的身材保养、穿着打扮，要比同龄的农村女性讲究很多。宽松的针织衫上衣，白色的窄腿裤，高跟鞋，跟城里人的打扮一样。对手中抱着的外孙女，一脸的慈爱，标准的外婆的样子。

我看着她笑，她肯定不知道我是谁，但我却记得当年在河边看到的那个年轻的新娘。当年的她也是爱俏的新媳妇，剪着整齐的刘海儿，头发梳得一丝不苟，脸很白，眼睛细长，一笑很妩媚。

她抱着外孙女离开后，母亲告诉我，老师一家也经历过很不幸的事。他们的儿子多年前失踪，至今下落不明。

　　我很惊讶，也很感慨。现在和过去，这中间隔了三十多年的时间。这三十多年里，她为人妻，为人母，经历过命运给予她的各种幸福与伤痛，现在的她还是爱笑，这就很好。

　　现在的我和过去的我，也一样，同样隔了三十多年的时间，以及时间里的故事。

　　时间就像那条小河里的水一样，哗地流过去了，再也不复回。隔河相看的，那个调笑起哄的孩子，那个被调笑的羞涩的新娘，现在分别步入中年、老年。

　　而我，用当年老师教我的方法，观察到这一切，记录下这一切。而这一切，并不是全部的真实，只是万分之一，亿万分之一的真实。

　　想一想，觉得人生真奇妙。

　　且听风吟。